龍と闇の絢爛

高嶋郷二
TAKASHIMA GOUJI

幻冬舎 MC

光と闇の相剋

目次

序章

「私の声は聞こえているな。この星の人と名の付く者、人は欲深きもの。崇《あが》める者が欲しいと願い神を与えた。畏《おそ》れる者が欲しいと願い闇を……悪意を与えた。自ら欲した光と……その力を発端として幾度となく傷つけあった。愚かで儚《はかな》い種族。強欲さもここまで来ると呆れる。次は何を欲しがる。平和を求めるというのか……求めたところで再び自ら崩すのだろう。分かるか……私の声は捉えることはできるな。己等に問う。一体何を望む？光と闇の戦いに終止符を打つ、それはただの偽善ではないのか。もしくは自己満足とは言わぬのか。心の底より救いたい。そう思っているのか。取るに足らぬ無駄な争いとは思わぬのか」

老人は言う。そこには吸い込まれそうな静寂しかない。ひっそりとしたこの空間には、喜怒哀楽はなかった。老人は嘲《あざけ》りもしない。英良《ひでよし》は老人の言葉に喫驚《きっきょう》し、話を聞いた。老人の顔は陰になって表情が読み取れない。むしろ無表情であり、感情を表に出さない。英良は老人の目からなんとか何を考えているのか感じ取ろうとしたが、今は無理だと直感した。

「この言葉は届いているな。私は今、己だけに問いかけている。意志を知りたいと思っているのは己だ。己は私と話し納得させることは……人間を改めさせることはできるのか。まあいい、どのみち後で己には話を聞く。私と言葉を交えるためには、強き意志が必要となる。その時は己の意志を再び問おう。人間という存在がどの程度のものか、見極めさせてもらうぞ」彼は続ける。

「この言葉は己等には届いているな。力を見せるために呼ぶのではない。私はただ話がしたい。己等が何を考えているのか。過去にも己と同じ者がいたが、結局は自我が崩壊し既に人ではなくなった。所詮人間だ。感情を捨て去ることはできない。己等は私に何を見せてくれる。ただの偽善だけでは成し得ることなどできないのだ」

風が吹かない所だったが、英良は風を感じた。

「人間は皆、自分が一番辛いと思っている。皆、自分が一番可愛いと思っている。確かに違う者もいるようだが……それが、本質であろう。幾度となく繰り返されて来た争いの歴史。その度に、神を崇めた。その度に、闇を畏れ憎んだ」老人と英良の距離は近いはずなのに近づこうとすると、彼は暗闇の中へ吸い込まれるように感じた。

「光と闇。そのどちらも必要なのだろう。崇拝の対象と拒絶の対象として。しかし、光が崇拝の対象であれば、闇はどうなる。本当に闇は滅しなければならぬ相手なのか。最も近きにある闇にも気付かぬのに……、まあ……良い。私が最も嫌う種族よ。……まあ、何を思うが勝手ではある。人そして光と闇に関しては、後に己にも語ろう。太古より続く忌々《いまいま》しき人との因縁をな」英良が老人の思考を探ろうとしていたが、逆に老人は英良の意図を見抜いていた。

「己に問う。己の中で闇は敵なのか。光は仲間なのか。闇は全て滅さねばならぬのか？」

英良は自分の経験と蓄積から反論した。闇は滅すべきもの。悪意に満ち、人間に欲望を誘発させ争いを起こせしものと。その結果、人は傷つけ合い、時には殺戮にまで発展することを。光があるところに闇が存在し、闇は光を浸食するもの。闇は悪であることを論じた。周囲には何も存在しない。一筋の明かりも風もない。静寂の中に英良は五感を研ぎ澄ませ、老人の言葉を逃さなかった。とてつもなく大きな暗闇の中に吸い込まれそうな空間を感じた。ここには時間の連続性はない。世界は時間と空間が一体となり連続性を形成しているが、この老人と英良の存在する空間にはその概念すら存在しない。そこは日常から剥がされた異空間だ。英良の右の額から汗が流れ落ちる。五感を研ぎ澄ましても、老人の言葉とその姿しか捉えることができない。他の感覚は効いていない。その異空間に二人は取り込まれている。英良は凄まじいまでの勢いで進んで行くジェットコースターに掴まり振り落とされないようにしがみつくように老人と対峙した。

英良は沈思黙考し過去の経験を回想する。真っ白になった思考から、曖昧模糊《あいまいもこ》とした記憶の中から答えを探した。英良は疲労から眠気を感じ、うとうととして思考が止まり停滞した。

英良は虚ろな顔で老人を見た。彼は英良を見抜いて言う。

「光と闇か。それは唯の言葉だと思ったことはないか。本当に闇は悪なのか。人間を殺したのは悪なのか。そして悪は何を求めているのか。考えたことはあるのか？」

英良は複雑に絡んだ毛糸を解《ほぐ》そうと、先端を探した。その先を念入りに解す。そして答える。無に帰す必要があり、生けるものは死に、全てが無になるようにと。

「無とは何か。己は何かを勘違いはしていないか。死と無は直結しない。死する魂は天地を巡り再び生を受ける。ならば、無とは何か。それは何も存在せぬこと。そこには光も闇さえもない。それが無だ。分っているのか？」英良は幼い頃を回想した。英良は形のないものを畏れた。遥か昔の経験からか般若《はんにゃ》の面などを。英良の脳裏をそれが掠める。

英良は幼い頃、両親と夕食を取るために繁華街を歩いていた。狭い小路を抜けると正面に「銀座一丁目」と赤い看板に黒い文字の入ったアーチが見える。それは英良達を見据える大きな鳥居のように見えた。途中の電気店からは運動会の時に使う拡声器のようなものから『ローハイド』の曲が流れていた。会社帰りの中年の男性は電器店の店頭にあるテレビ画面に映る映像にずっと見入っていた。周囲の人は同じような仕事帰りの背広姿の人や学生……忙しそうにしている人や……家族の笑顔がある。所々にゴミを入れる大きなプラスチックのバケツがあり、まだ薄暮の中、カラスが一羽周りを小さく飛び跳ねている。英良が側を通ってもカラスは逃げようとせず少し移動した。歩道のある部分には大きなシミがついている。ファーストフードの包み紙やドリンクの空きコップも散乱している。五十代の男性と二十代の若い女性が腕を組んで歩き、女性は至福の様相で男性の肩に左頬をつけ何かささやいている。まだ幼い英良の目にはその光景が日常を逸脱した光景に感じられた。

英良と両親は中華料理屋に入った。テーブル席が六カ所と小上がりに四人掛けのテーブルのある昔風のひなびた食堂だった。室内の奥には二十型のカラーテレビが台座に載せられて天井近くに置かれている。テレビの下には白い菫の花がオレンジ色の洋なし型の花瓶に不釣り合いなままでに生けられている。五十代の女性の従業員がグラス三つに水を入れて持ってテーブルの上に置く。父と母は味噌ラーメンと餃子一皿を注文し英良はチャーハンを注文した。

英良のテーブルの左斜め向かいの四人の客（作業服を着た仕事帰りの客）はビールを飲んで談笑し、時折甲高い奇声をあげて今日の出来事や家族のことを話している。隣のテーブル席にはどこかの大学のロゴが入ったスタジャンを着た四人組がホルモンを焼いている。彼らは何もしゃべらず焼けた肉とビールをひたすら口へ運んでいく。店内は厨房からの湯気と油が混在した空気で充満していた。外からはバイクの排気音と遠くから聞こえる車のクラクション、それに数人の大学生達の大声が聞こえてきた。

テレビではニュース番組が始まり、中東の反政府軍の抗戦と破壊された市街地が映されている。英良達が入った後にも数組が会計を済ませて退店し、店内は四割近くが空席となった。今も地球のどこかでは戦争が続き日本では平和な日々が続く。人間は不思議な不公平感のもと、どちらかに属し、英良はまさに平和なところに属している。

英良は両親と三人でテーブル席に座ったが、向かい側の壁に掛けてあった「般若」の面が幼い英良の目に入ってきた。それは今生には存在しない顔であり、その顔からは憤懣やるかたなさ、恨み、妬み、悲しみ、苦しみ、他者を陥れる雰囲気を感じ、英良は両手で顔を隠した。それは争いごとに巻き込まれた人々が放つ負の感情の連鎖の波動のようで英良は「般若」が作り出す空間に意志、想念、負の力とは真逆の自分の力全てを吸い取られていきそうな気がした。

英良は老人への言葉に詰まった。……上手く切り返せず苦悶の表情を浮かべる。握りしめた両掌に汗がにじんでくる。そこには蝋燭《ろうそく》が置かれていた。蝋燭の炎はいくつかに姿を変える。意志を持っている生き物のように老人を肯定すると縦に長く伸び、そうでない時は元に戻ったりと……。炎は細長く伸び煤《すす》を出した。

老人が言った後に英良は過度の精神的重圧と極度の圧迫感から解放され、心中にあったどんよりしたもやもや感から解放されほっとする。その瞬間、老人は英良の心中を見抜いて言う。

「分かってはおらぬな。己は私にこう言った。光が存在する所に闇が存在すると。ならば、闇を滅し、光だけになった時、何が起こる。考えたことはあるのか。その先に何があるのか。己は考えたことはあるか？」

　平和があると、英良は答える。

「平和が来るか……一時的にはな。しかし、言っただろう。光あれば闇も存在すると。本来、人間は光と闇の両端を宿す感情なる力の空間に置かれている。理解はしているはずだ。感情には正の感情があり負の感情がある。闘いをなくすこと、即ち人が人でなくならなければならない。この意味が分かるか。己にはそれができるか？」

　英良は分かると、答える。

「しかし、それができぬから皆、いがみ合い傷つけ合う。ならば聞くが、光の者には負の感情はないのか。闇の者には正の感情はないのか。そのような深きこと、考えたことはあるか答えてみよ」

　光と闇は相反するもの。あくまでも闇と英良が答えると「それは、己の思い違いではないのか。何故なら、現に……いや、止めておこう。ならば、闇同士が助け合うことはないか。闇は力が純粋な分、強き意志を持っていないか。ならば、堕天とはどのような状態だ？」

　光は闇に与《くみ》するものではないと、英良は答える。

「闇は、一つの目的に対し純粋なまでに真っ直ぐとする。そうは思わないか。決して、脇見はしないはず。堕天光から闇に堕ちた者。何故堕ちたのか、考えたことはあるか？」

ある、と英良は答える。

「己は知らぬこと多すぎる。全てを己に語る。これより光と闇人間の話をしよう。これから己がしなければならぬこと、言葉長くなるが構わぬな。全ての言葉を理解せよ。そして、己は真実を知る必要がある。真実の封を解く」

英良は額から流れる汗を拭い大きく深呼吸をする。三、四回深呼吸をすると、不思議と少しは冷静になった。


「己は全てを知る権利を得た。ならば、まずは光と闇生まれたところより始まる己の見解は知らぬ。しかし、世に先と存在したは人間、私が力施行したのはこの世に生命を放ったところまで、言ってみれば人間は産まれるべくして、産まれたのではなく、偶然の産物。それは私にとっての楽しみでもあった。芽生えた力による可能性を見た。己等人間を見守る必要であれば、力も与え助ける。それが私の当初の気持ちとなる……希望という感情……このようなことをいうのだろう」英良は黙って聞いていた。

「後、幾年か経った時人類は願うことを始めた。それが大なり小なり。個々で求める者は異なる。正なる願い求める者もいれば負なる願いを求める者もいた。私は二つの力を作り人間の想いに応えた。全ての願いを叶えられるようにと。やがて正の願い叶える力は神と……光と総称されるようになった。逆に、負の願い叶える力は悪魔……闇と総称されるようになる。分かるか。この意味が。光も闇も己等人間が作った。その呼び方さえも」

英良は頷く。

「言ったはずだ。光と闇の対峙は一生終わらぬ。己を呼ぶは全て終焉とするため。何故、闇は増殖した。光は増殖した。一を聞いて十を知った気になるな。それが愚かだと言うのだ。この程度で全て終わると思うのか」星の記憶は憫笑《びんしょう》した。

光の世界が来たら全てが済むはず、英良は反論する。

「済まぬな。私は常に中立。このようなことはしたくはなかった。しかし、己が話聞かぬとなれば……全ての話を聞け。そして、答えよ」

全ての闇がこの世から浄化された時に、平和が見えてくる。英良は答える。

「全ての闇……本当にそう言い切れるのか。闇が全て悪と。己は勘違いしている。闇と悪は似て非なるもの。ただ闇が悪に堕ちやすい。それだけのこと。ならば、光は全てを善と言えるのか？」

　英良は軽く頷く。

「何故そう決め付ける。言ったはずだ。闇と悪は違うもの。中世の世、その世界でも女を魔女と呼び、つまりは闇。悪と見なし光ある者が多くの命を奪った。それは罪と言えぬか。己は全てを知った気でいる。それで真意を見られると思うのか。平和を作れると？」

　魔女狩りは法の下で執行したと、英良は答える。

「それは己の見解だ。ならば、死神とは光か闇か？　恐らく己の見解では闇。悪と答えるのであろう。光のことも知らぬ。闇のことも知らぬ。互いを深く知らず。何故、全てを理解したように語る。ならば、己は全て知っていると？」

　英良は頷く。

「ならば、闇光も止めるより他ない。私は願いを叶える力を与えた。しかし、人の想像そして心境に感化され、意志を持ち個を持つようになった。己は分かるか。光と闇は己等人間より生まれたのだ。生命が進化を繰り返し、人間が産まれたように力もまた、同じように進化をした。光は人間の持つ想像通りに。闇もまたその通りに。しかし、力に寿命はない。生まれ滅することはあっても死という概念はない。それは分かるな。意識を持つ時には、人間の持つ知識、想像を与えられていた。それは偽りの真実」

英良は腕を組み、首を回した。

「個を持った力は、既に一つの生命として成り立っていた。個を持つが故に、人と同じく仲間を願い欲望を持つようになる。その時より争いが頻発する。人間の願いは光と闇の力に直結する。幾年も歳月が流れ光と闇は組織化した。争いには必ず双方の存在があった。その時ほど、多くの願いが発せられる。力を求めるのに、これ以上ない場となる。光も闇も、同じ双方が力を求めた。世を統べる力を。対抗し得る力を。考えは違えど求める結果は同じ。現す真意。もう気付いているな？」と老人は促す。「理解はできただろう。人間から光と闇は生まれた。それは人間の持つ感情に力が感化された結果。ならば、人間と同じように個と感情を持ち元より力持つ光と闇は、つまりは光からも闇は生まれ、闇からも光が生まれる。光から生まれる闇は、堕天と言われた。そして闇にも組織が存在する以上、仲間という感覚はある。性質上光より意識は薄いが、ないとは言えない。ならば、闇が仲間を思うのは……闇に生まれる光……当然それだけとは言えぬが、意志が蓄積され、闇より光が生まれることもある。前に私は言ったはずだ。既に、光の者闇の者そして人間が揃っていると」

長い夢

旭川の春の陽光は柔らかく、頬を伝ってくる風に季節の変わり目を感じる。窓から部屋へ入ってくる風も嚆矢《こうし》のごとく冬の空気を春へと変えていく。風はその土地の独特な匂いを運んでくる。旭川の街にも独特なものがあり、英良も旭川の匂いを感じた。春の空は碧く、上空から鳥の鳴き声が聞こえてきた。ピヨピヨ、ピヨピヨピヨピヨ……。遥か上空を見上げると小鳥が見える。ヒバリだ。英良はその情景を見て銘肝した。必死に生きようとする意志を感じて心打たれながら頑張れ、頑張れ、とひたすらヒバリを鼓舞した。ヒバリも英良の言葉に応えるように懸命に飛んでいる。ピヨピヨピヨピヨ……、英良は吸い込まれるようにヒバリを見ていたが、ヒバリは暫くして遙か遠くへ姿を消した。

英良は玄関のドアを開け、郵便受けに差し込んである朝刊を取りに行った。外からは油圧ショベルカーが動く音が聞こえてくる。現場監督作業員らしい中年男性が大声でショベルカーの運転手に何か指示している。運転手は聞き取れなかったのか、エンジンを止めて、指示内容を改めて聞いていた。お互い大声で話していたが、英良には詳細が聞き取れなかった。近所の顔見知りで四十代の女性がゴミ袋をさげて歩いていた。彼女は年の割に若く見え、髪はショートカットでハイヒールのサンダル履きで腰はくびれ白いブラウスに黒のタイトスカートを穿いていた。化粧はしていなかったが十分、佳人《かじん》といえる。目が合ったため英良の方から「おはよう御座います」と挨拶したら、彼女はにこりと笑い頷いた。世の中には色々な人達がいて、多種多様の仕事がある。絶対的なものは何一つ存在せず、周りと比べて自分はどうなのかという相対的な事象の集まりのようなもので英良も相対的なものとして対象の存在といえる。普段通りの生活が長い時間軸の中でゆっくりと進んでいく。それは止まることのない普遍的なものだ。

英良はタクシーのドライバーをしていたが、今日は非番だった。朝刊に一通り目を通し、テレビのワイドショーを観ていた。朝食は取らず、コーヒーをいれ牛乳で割りカフェオレを作り飲んだ。昼も過ぎ、空はだんだん雲が出てきて春の陽光も遮られてきた。部屋の中も少し薄暗くなってきた。英良は眠気を感じベッドに横になるとすぐ深い眠りについた。

身体がベッドの下の方へ沈んでいく。睡魔が襲ってきて脳が痺れ、黒い影が目の前を横切っていくのを感じた。まずい、英良は直感的に自分とは相容れないモノを感じた。顔のすぐ前に何かが近づいてきた。目を開けたら何が見えるのだろうか？　そもそも目が開かない。脳の痺れが身体全体に広がり目も開けられない、自分の部屋の4Kの液晶テレビ、ミニコンポ、花瓶に刺したガーベラの花、壁に飾った賞状……小学生の時に受けた絵画の金賞のもの。それらは全て部屋にあるのか、英良の意識は現実の世界から剥がされていく。英良は恐怖から念仏を唱えた。南無妙法蓮華経……、身体がベッドに押しつけられ何かの力で拘束されてきた。英良は何者かに両足首を捕まれそのまま真っ直ぐ天井へ伸びていくのを感じた。英良の肉体はベッドに寝ていたが、何者かに捕まれて幽体は肉体と離脱していった。確かに両足はベッドに横になっている、奇妙な感じだった。その後、英良は意識が急に薄れていき大きな筒状の中にいるのを感じた。英良はその中を急激な勢いで上昇していき、意識が薄らぎその後のことは覚えていない。気が付いた時英良は遙か上空にいた。真っ暗で眼下はガラス職人が作った華やかなガラス工芸品が光をちりばめたように夜景が広がっていた。身体は不安定で揺れている。

いつの間にか英良は鉄筋コンクリート造の近代的な建物の中にいた。明るい照明の利いた廊下の上を飛んでいた。前方には白衣を着て、茶色のミリタリーズックを履き何かの書類を挟んだバインダーを持って歩いている二人の男性を見た。一人は背が高く髪はオールバックヘアーで白髪が目立っていた。もう一人は背が低いものの肩幅が広く真四角のような体格をした若い男性だ。背の低い方は真っ直ぐ前を見て背の高い男の言葉を聞いていないように感じ、傍から見ていると仲が悪いようにも見える。二人とも東洋人で何を会話しているのかは分からず、英良の存在には気が付かずに歩いて行った。背の高い男は忙しなく歩き横を見たりしながら何かをしきりに話している。背の低い男の視線は真っ直ぐで背の高い男の方を見ていない。彼らは廊下の突き当たりを右に曲がり、十メートルほど進み突き当たりを左に行くと階段があり、十段ほど降り左に下っていくと大きな実験室に入っていった。

中は薄暗く、何人かの初老の男性がいる。彼らは無表情であるがうっすら笑みを浮かべ裸で佇んでいる。ビニールレザーの医療用ベッドに寝かされている多数の女性にはシーツのようなモノが被されていた。初老の男性は一人の女性のシーツを取り、左手で女性の左の乳房を触れ、すぐに右の乳房を触った。女性は身じろぎ一つせず、男は右手で女性の性器を触り、左腕で女性の膝を抱え右腕で女性の左膝を抱え性行為を始めたが女性は左に顔を向け唇は半開きでマネキン人形のように無表情だった。男は全ての行為を終え女性から離れた。その表情には感情のかけらが全くなく機械的な表情だったが、男の顔全体は上気して赤みが差し目はどこを見ているのか分からなかった。女の顔は相変わらずロボットかマネキン人形のように無機質だった。室の中は薄暗い。何のための実験なのか行為なのか、単に男の性欲を満たすだけの行為なのか全く分からなかったが英良は性格的にこのようなことが嫌いだった。気持ち悪いというか自分には到底考えもつかないことが目の前で行われていることに嫌悪感を持ち受けつけなかった。

この後に英良は貧血のような状態に陥り、気が付くとどこかの熱帯雨林の中にいた。うっそうとした森林地帯はどこまでも木と草で延々と続き、時々見たこともない野生の鳥達が空中を飛び交っている。道らしきものはほとんどなく、獣道が森林地帯を縦横に結んでいる。暫く進むと英良は開けた広場のような場所に着いた。広場といっても整備された場所ではなく砂利や砂が多く残った荒れた学校のグラウンドのようだ。そこにはゲリラ兵のような男が四人いてアサルトライフルを装備していた。男達の周りには七歳から九歳くらいの子供達が数人いて白い粉の入った袋を運んでいる。違法な行為のようだ。

最年少らしい少年は四～五キロある白い袋を頭の上に載せ身体は左に傾きながら足元は

おぼつかなく歩いている。九歳くらいの少年は同じような袋を右肩に載せ真っ直ぐに歩いていく。そんな状況を並走した男達は両脇から監視しながら歩いていた。全ての事象が全く理解できなかった。気が付くと英良はとある町を歩いていた。古い町並みで、昭和三十年代の雰囲気がある。看板がカタカナのものがあり、漢字が全て旧漢字。歩いているうちに英良は自らの力で宙に浮いて移動し、ちょうど電柱の上辺りを飛んでいた。次第に飛ぶ速度が増していき、電柱の上よりも高く飛んでいてどこかの湿地帯の上空にいた。眼下には池やら沼地がたくさんあり、低い灌木が密生していた。ますます速度は増し、見知らぬ山間部を猛スピードで飛んでいた。山霧に突入したかと思ったら、突然明治時代か大正初期の町並みを歩いていた。周りは全てが木造で建物の前に和服姿の女性が佇んでいる。どうやらここは遊郭らしい。一人の女性が英良に声を掛けてきた。

「そこのあなた、寄っていかない?」と言う女の顔を見た。英良が俺のこと?と言うと女は軽く頷き、微笑を浮かべた。その微笑みの中に深い妖気を感じ取った英良は「いいです」と断り歩き続けた。女の執拗な誘いとすぐ後ろを追ってくるものに、英良は「私が求めていることは違います」と言うと周りの気配は逆毛立ったように殺伐とした。「言い方を変えましょう。あなたが私に求めていることと私があなた方に求めていることとは全く異質のもの。私はあなたには何も求めてはいません。求めるものがないと言ったほうが良いでしょう」と言い変えた。

「私は先を急いでいます。寄り道はできないのです」と拒否した。英良は決して振り向かなかったが、今では悪鬼を感じ身の危険を感じていた。「まずい、捕まったら殺される」と。周りの木造の建物は全て岩の居城に変わっており、漆黒の闇になっていた。周りは悪意のある目しか見えず、多数の手足が短く腹が出ている黒い人型のものに囲まれている。英良が絶望に支配された瞬間だった。太い腕のようなものが英良の身体を抱え込み連れて行った。

目を開けた真っ暗な視界の中から眩しい小さな光の球体が現れた。それはビー玉くらいの小さな光体から次第に大きくなり直視はできないが薄目を開けて見てみると人間の形になるのが見て取れ、大きな光が一人の若い女性の姿へと変わっていった。

「……峠原《とうげばら》さん？　……英良さん？」声が聞こえた。

「びっくりさせてごめんなさい。私は文字村《もじむら》美姫《みき》といいます。先ほどは危ないところでしたね。普通の人だったら、今頃闇に飲まれ英良さんはここにはいなかったでしょう。私達は会うことさえなかったでしょう。やはり英良さんは選ばれたお方なのでしょうか……と言うのも私が今ここにいるのは……観音様のお告げなのです……英良さん……分かりますか？」英良はただ若い女性を見ている。

「観音様が私に伝えたお言葉によると、私の寺から半径三十キロメートル以内の所に住む二十八歳の男性と交信を取りなさい。との強いお言葉を頂いたのです……英良さん……その男性に当てはまるのが貴方なのです。分かりますか？」

分からない、と英良は言う。

「詳しいことは追ってお話しします。まずは火急のことをお伝えしなければなりません。英良さん、良く聞いて下さい。この後一刻の後、貴方には悪しき呪いが降りかかります！それも再び命に関わることです。でも慌てることはありません。呪いが掛かった時は自分を守り護符となり、神と繋がるための神詞《かみごと》をお伝えします。その時は光点張福《こうてんちょうふく》と唱えて下さい」

「こうてんちょうふく？」

「……はい。良いですね？」

英良は状況が掴めずにいた。

「……光点張福は、英良さんの光の結界を強めます……！　光の結界は、貴方を幾重にも守るでしょう……それと、呪いを掛けられた時、対峙する言霊をお教えします英良さん。怨《おん》と……掛けられた時は、滅《めつ》と返して下さい！」

怨には滅、英良は繰り返す。

「そうです……！　その呪いが跳ね返された後……爆《ばく》と掛けられます……！　それには、封《ふう》と返して下さい」

「爆には封……」

「……英良さん……これも全ては観音様のお告げですが、実行するのは英良さんの意志次第。良き判断をお願いします」と美姫は促す。「やって頂けますね……英良さん」

「あっ？　はっ？　……はい……」

「最後に破《は》と掛けてくるでしょう！　その呪いには、反《はん》と返して下さい」

「……反？」

「そうです。今、英良さんの周囲には多くの悪意の元となる闇の群れが近づきつつあります。それは貴方を不幸へと導くもの。判断を誤らないようにして下さい」

英良はいつの間にか遥か上空にいた。日本が小さく見える。英良は凄いスピードで移動し地上に着いた。

「ここは？」

「変な感じだな……緑が濃い……ここは日本じゃない」

英良は身の危険を感じその場から立ち去りたかったが遅かった。黒い煙が立ち込め、中心部に歪《ひずみ》が現れ、そこから一人の女が現れた。その女の顔は何かで塗ったように白く、唇は黒みがかった赤。髪は黒く、両目が髪に覆われていて見えない。服装は、黒いワンピース……それも破れ、所々に穴が空いており、洞窟の中を這い上がってきたように泥で汚れた黒いパンプスを履きその容貌は見るからに異様だった。英良の身体は、吸い込まれるように女の方へ歩いていく。

「ふっ。ふっ」

女は、奇声を上げ近づいてきた。

「ふっふっ。今、あなたには呪いが掛かったのよ。分かった？」

英良は女の顔を見ている。

「呪いよ」

「誰だ……あんた？」

「私は異界から放たれた闇の刺客。光の一族の末裔《まつえい》を抹殺するために、この世に来た血滅《けつめつ》師《し》の末裔よ。あなたの命も後僅か……せいぜい残された時間を楽しむがいいわ……ふっふっ。分かる？」

分からない、と英良は答える。

「とある方がこの世界を闇の力で覆うため、あなた方……光の子達の存在が邪魔になったのよ！」

とある方、英良が呟く。

「ふっ、ふっ。今に分かることよ……！」

英良はその女の顔を凝視した。

「あなたの曾祖父は手強かったわ！　でも、あなたはどうかしら？」

英良は舌打ちをした。

「これからは楽しみになるわ。あなたにはもっと私の他にも刺客が放たれることになりそうね。待っていなさい」

女のシルエットは暗かった。英良には黒い煙か靄に包まれているように見え漆黒の闇に飲み込まれていった。英良は女が立ち去った場所に佇んでいた。足が重く動けない。

女が去った後、暗闇の中に二つの光の点が現れた。その光はピンポン玉くらいの大きさで、白く光っていたものが次第にバレーボールほどの大きさになり、光を増し、大きな扇形になった。英良は直視できずにいたが、目が慣れてくると、それは身長が二メートルくらいの人型であることが分かった。それもどこかで見た記憶のある二人の武人だった。一人の武人は自分の剣《つるぎ》を抜いた。その剣は剣から光の棒へと変わっていく。武人はその剣を縦横無尽に操り英良に向け斬りかかってくる。それは、新体操の選手のリボンのように……光のうねりとなって英良を追いつめてきた。もう一人の武人は英良達の対峙を見ていた。

「怨、怨怨怨」武人は唸りを上げる。

「滅、滅滅滅滅滅」

英良は光の閃《ひらめ》きをかわしながら後退した。美姫から伝えられた言葉を思い出し、唱えた。

「怨怨……」

武人は光の棒を槍の使い手のように両手でくるくる回して光を放ってきた。英良も光の結界を作り、応戦した。

「光点張福、滅滅滅」

「うう……爆爆爆爆爆爆爆爆爆」武人は意外と思ったのか、苦悶の声を上げる。

「光点張福！　封封封」

武人の周りの光が渦のように回り始め、渦が獅子に変化し英良へ襲いかかる。まさに以前に映画で観たワンシーンのようで、二次元の世界のそれと実際に立体的な空間に自分の身を置いて動いているのは勝手が違った。そのスクリーンの中に自分がいる。英良は寸分の間合いで身をかわした。

「爆爆爆爆爆爆!!」

「光点張福、封封封」

爆音と共に凄まじい光のぶつかり合い……光で二人の身体が見えないほどに閃いた。

「おお……破破破破破破破」

「光点張福、反反反」

「ぬおお！　破破破破破破……！」

「光点張福！　反反反反反反反」

英良の光が武人を凌いできた。

「ぬうお……」

武人は暫く固まったまま動かなくなった。その時、別の何かの声が聞こえた。

「……広目天で御座います。この戦いは、貴方様の勝ちで御座います。お止め下さい」その何か（二人目の武人）が英良へ語り掛けてきた。

「英良さん……毘沙門天に何か言葉を掛けて下さい。急いで下さい！　毘沙門天が元に戻らなくなってしまいます……」突然、美姫の声が英良に響いた。戦いが終わり安堵していた英良は、その時初めて対峙した武人が毘沙門天であることに気が付いた。まずい。毘沙門天が歪んで縮んできている。周りの景色全体が歪んでいる。

「毘沙門天……」英良は声を上げたが、変な声だった。自分の声ではないような、自分が喋っていないような声に聞こえた。英良は二度、三度と声を掛けると段々、自分の声のように聞こえてきた。

「我の身体に強き光陣《こうじん》が流れ込む」毘沙門天は両手を地につけた。毘沙門天の表情が柔和に変わっていた。毘沙門天との対峙中には強い風が吹いていたが、今は止んでいた。

「……貴方様は？」と毘沙門天が英良に問い掛けた。

英良は黙って見つめていた。

「英良さん……毘沙門天、広目天と契りを交わして下さい……二仏は、英良さんを護り臣下となるでしょう！これは総て観音様のお言葉でもあるのです」美姫が諌める。

「私は峠原英良という者です」英良は陳腐ともいえる自己紹介をぎこちない声で言った。まだ、自分の声でないようだ。

「峠原英良様……」

毘沙門手は英良を見つめる。英良は軽く頷く。

「大丈夫でしたか？　何故、貴方方が？」英良は困惑して聞いた。何を言って良いものか、何をどのように聞けば良いのか、考えが混乱していた。毘沙門天は英良の心中を読み答える。

「我等を闇の力より開放して頂き、お礼を申し上げたい。このままでは我等諸共、闇の配下となるところ。貴方様の力で我等も光を取り戻すことができました」毘沙門天は続ける。「人界では闇の使い手が、幾重にも闇の壁を築いております。漆黒の闇、それを操るものは地獄から蘇りし女とその臣下……その者達が今も着々と古代の闇を張り巡らしております」

　広目天も英良を見つめている。

「その女は、悪魔に心を売り、もはや人間の感情は持っておりません。その力には我等では対抗することができませんでした……」

「その女の正体は分かっているのですか？」英良がやっと自分の言葉で言うと「その女は人界では人間の女の姿に変えています。その女の名は鏑木《てきぎ》と言っておりました……恐るべき闇の使い手に御座います。然し、人間の女一人の力にしては強すぎるかと。背後にはもっと大きなものの存在を感じます」と広目天は答えた。

「何故私を？」

「それは峠原様の持ち得る光で御座います」

「光？」

「御意《ぎょい》」広目天は応える。

　英良は広目天を見つめた。

「お答えになるか分かりませんが……我等仏は本来、人界の人間とは言葉を交わせないのが事実で御座います」広目天が説明した。「しかし、峠原様は放つ光の力が大きいため、我等の言葉は峠原様の光に乗せることができるので御座います。今は、人界でいう会話という形で意思疎通を図っているのではなく、峠原様の霊態に我等の意志を送り込んでいるので御座います。全ての人間は魂を持っております。その魂に語り掛けていると言った方が分かり易いかと思います」

「霊態……魂……」

「御意。我等は峠原様の夢の中にも度々出ておりましたが……記憶には御座いませぬか？」

記憶にない、と英良は言う。

「峠原様は我等には、光体として映ることは既に申し上げました。それは要するに両刃の剣で御座います。その光は生かす力もあり、一方では破滅させる力も有しているので御座います。それ故、闇の力は峠原様を狙うので御座います」毘沙門天は説明する。「現在の峠原様の光は大きく我等の目には映っております。もしこの光が小さくなると、人界を覆う闇には抗しきれなくなるのは必至のことに御座います」

「よく分かりませんが、貴方方は私と会話ができると……？」

「御意」毘沙門天が答えたのだが、英良は奇妙なことに気が付いた……毘沙門天の口が動かないのである。いつか写真で見たことがある……あの毘沙門天の顔だったが、言葉は脳内に入ってくるが口の動きが見えなかった。

「それと峠原様。実はここにいる我等二天王の他にも仏がおります。我等、毘沙門天と我広目天。それに持国天《じこくてん》と増長天《ぞうちょうてん》に御座います」

「……時国天、増長天？」

「御意に御座います。人界では我等のことを四天王と呼んでおります」広目天の声が脳内に届く。

「その四天王総て鏑木に操られ、光ある者への刺客とされたので御座います」広目天は続ける。

「我等二天王は、光を取り戻し闇の手から解放されましたが、持国天と増長天はまだ、闇の手中におります。どうか貴方様の光力で持国天と増長天を闇からお救い下さりませ」

「話は分かりました。私の力……光ですか？　お役に立つのでしたら助力を惜しみません。それと、これからは私のことを英良と呼んで下さい。名前で呼んでくれませんか？」

「承知致しました。峠原様……我等、これから貴方様を英良様とお呼び致します」

英良は大きく頷いた。

「英良様。我は英良様の僕《しもべ》として今後、力を使わせて頂きます。それと、黒幕の影が我等の周りにちらついていることも事実。断片しか情報がありませんが先ほど申し上げた鏑木は血滅師という裏の顔を持つ人間の女性。その者に完全に我等の力を抑制され。英良様、人界において何か狙われるような心当たりはありますか？」

ない、と英良は答える。

「英良様。これから我等の前に立ちはだかる闇はかなりの難敵かと思われます。その闇に打ち勝つための神器が必要になってくるでしょう」

「神器ですか……？」

「御意」

「何ですか？」

「光の剣で御座います英良様」

「光の剣」英良は繰り返す。

「その剣。冥府のどこかに封印されている物で御座います英良様」

「それは？」

「闇を引き裂く唯一の物……所謂《いわゆる》宝刀に御座います。我はこれから冥府に赴き、宝刀をこの手に掴み取って参る所存に御座います。それで一つ英良様にお願いが御座います」

英良は何が必要なのか尋ねる。

「我等が窮地に陥った時に、英良様の力を頂きたいので御座います」

「力？」

「その通りに御座います英良様。我が危機に陥った時、力天《りきてん》と放って下され英良様」

「力天」英良は呟く。

「さらに、多くの力が必要な時には増天《ぞうてん》とお願い申す英良様」

「増天」英良は再び繰り返す。

「この後も英良様の多大な光力が必要となります。それと英良様。宝刀だけでは、力不足かと」

英良は黙って毘沙門天を見つめる。

「対《つい》となる物が必要に御座います英良様！」

「それは？」

「鏡盾《きょうじゅん》……英良様をお守りする盾に御座います。この盾を我が配下と探しに参ります英良様……」

広目天の足下には生き物のような霞が動いており、時折広目天の身体半分が見え隠れする奇妙な雰囲気を英良は感じていたが、それは気のせいでも何でもなく実際に起こってきた。それは広目天の足元を唸るように幾重にも回り段々具現化してきた。ほどなくして、広目天の背後が煌めき、それは巨大な龍へと変化した。

「神龍《じんりゅう》に御座います英良様」

「これが龍か」と英良は呟《つぶや》く。

「我の力、神龍を用いて英良様を狙う黒幕を必ずや捕らえてみせます。我等は血滅師の他の情報の記憶を抹消されています。申し訳御座いません。英良様、早速ですが我の神龍の力を使わせて頂けませんか」

「……女……鏑木」呟いた英良の言葉に広目天は答える。

「鏑木は女を示す名称……血滅師は絶滅したと伝えられる闇の集団の総称で御座います。その者達は危険な呪いを駆使するため、四天王全ての力が必要になるので御座います。英良様何かありましたら何なりと我等に指示を下さい。それと英良様、神龍に英良様の光力を注いで頂きたいので御座います。一刻も早く黒幕を見つけるために神龍の力を増幅させます。絶大なる力をお持ちの英良様にご協力願います。我に力を与えて下さい。英良様は

『誇龍《こりゅう》』とお答え下さい。我が『武龍《ぶりゅう》』と返します。交互に行い力を誇大させるのです。英良様からお願いします」

誇龍、と英良が答えると神龍は光を帯びた。英良と広目天はそれぞれ「誇龍」と「武龍」を唱える。

「英良様の力を受けた神龍は息を吹き返すでしょう！」

英良は目が覚めた。時計を見ると午後二時。すごく長く感じたが二時間くらいしか仮眠をとっていなかった。身体中の筋肉が痛む。筋トレを行ったように身体中に乳酸がたまったように感じた。英良はマグカップに紅茶のティーバッグを入れ電気ポットからお湯を注いだ。大きくため息をついた。昨夜沸かした風呂に入り、気持ち良くなりまたうとうと眠気を感じた。風呂から上がり英良はテレビのスイッチを入れニュースを観た。中東では紛争や戦争が今もなお続いている。人間の心の闇、私利私欲の具現化として今、英良はその現状というものを見ている。光と闇か……英良は一言呟いた。

羅生門

何事もない平凡な日が続いた。晴天の日が続き空はキャンバスにうすい水色の絵の具を引きその上から白い絵の具を加えたような雲があちこちに見える。英良は仕事が終わりコンビニでいつも通りロング缶のビール二本と野菜サラダを買って帰宅した。ビールを飲んでほろ酔い気分になり、うとうとして寝ても起きてもいない半醒半睡《はんせいはんすい》の状態になり、視界の右側からぼんやりと人影が現れたのを感じた。英良はすぐに毘沙門天だと分かった。

「英良様」毘沙門天は言う。

「毘沙門天殿か？　どうした……？」英良は答える。

「暫くの刻、我と一緒に来て下さらぬか？」毘沙門天は言う。「英良様にはこれからも我等に力添えを頂く故に地獄の序の口を垣間見て頂きたいので御座います。宜しいか英良様？」毘沙門天は言った。

英良は頷いた。

「英良様は肉体を持つ人間。地獄へは肉体を持っては入れませぬ。ゆえに暫くの間、英良様の幽体を肉体から離しますぞ」

英良は黙っている。

「我の剣、これを強く掴まえて下され英良様。身体が痺れますが少しのご辛抱を」と毘沙門天が言うと本差しを腰から引き抜き英良の前に差し出した。

「こうですか？」と英良は言いつつ両手で剣を挟んだ。その瞬間、ものすごい衝撃が英良の身体全体を包み込み英良の身体は床から飛び跳ねた。

英良は宙に浮き自分の身体がソファーに横たわっているのが見える。暫く不安定な状態が続き、気が付くと英良と毘沙門天は街中にいた。

「我と一緒に来て下さるか英良様？」毘沙門天が尋ねると英良は頷いた。

ゆっくり大股で歩いている毘沙門天の本差しの剣先が上下に小さく揺れる。周囲の人達の目には毘沙門天と英良の姿が見えないためか、こちらへ目を向けようとはしない。英良は遅れないように毘沙門天の歩調に集中した。大学生の集団が談笑しながらすれ違っていく。男性が三人でそれぞれにブルージーンズとTシャツにスタジャンを着ている。他に二人の女子学生がいて、一人はブルーのVネックのラッフルブラウスに良くコーディネートされたブルーのレディースパンツを穿いていた。もう一人はディズニーの絵柄がプリントされたTシャツにスタジャン。それに膝が破れたジーンズを穿いている。よく見ると一人の男子学生は、視線がうつむいてどことなくネガティブな印象だ。前を歩くラッフルブラウスを着た活発な女子学生のリードに断り切れずについてきたようだ。周りの視線は気にならず五人とも周囲とは隔てられた異なった空間にいる。少し遅れて男女のカップルが歩いてきた。よく見ると指を絡ませて歩いている。男性は黒縁の眼鏡をかけており、白のワイシャツにレジメンタルストライプのネクタイ、ダブルブレストジャケットを着てグレンチェックのスラックスにストレートチップの革靴を履いていた。まさにこの日の逢瀬に用意した服装のようだ。頬はたるんで小太りでハンサムとはいえない。表情はこわばり、心なしか少し引きつっているようだ。女性は髪が長く肩まであり、黒のスーツに紺のパンプスを履き化粧の濃い女性だった。瞳は漆黒で目が合った時には吸い込まれていきそうな妖艶さを感じ、ふと友人の母親に似ていると直感的に感じた。

高校三年生の初夏だった。英良は友人の家に遊びに行ったが、友人は外出していたため母が出てきて、英良を招き入れた。玄関を上がり居間まで通された後に彼女は冷たい麦茶を英良に差し出した。彼女は水色のツーウェイギャザーワンピースを着ており、時々居間を吹き抜ける風にスカートが揺れる。彼女が居間のレースのカーテンを開けると陽光が差し込み彼女の両足の線が透けて見え惜しげもなく英良の目に晒した。彼女は英良を息子の友人としか見ていないためか、英良の視線には全く無防備だった。英良は粘着テープコロコロでカーペットのゴミを取っている友人の母が、尻を突き出しワンピースのスカートが尻のくぼみに密着したところを目の当たりにして性的な欲求にかられた。英良は麦茶の入ったコップを取り「頂きます」と言って一口飲むと、「どうぞ」と彼女は振り向き答えた。その時の彼女は軽く微笑み白い歯が印象的だった。英良の耳に入ってくる彼女の声は年が離れた親世代の音声にしか聞こえず、彼女も英良のことを息子の友人……子供としか見ていない。彼女が向き直り英良の方に身を屈めてカーペットのゴミを取っている時に、彼女の胸の谷間が垣間見え白い乳房と柔らかいふくらみが躍動した。外から車のエンジン音が聞こえる。やや遅れて荷台の引き戸の開閉音が聞こえる。近くに宅配の車が来た音だ。英良達の行動はその空間の一部として取り込まれ、流れる時間と空間の線上のとある一点にすぎなくなった。

歩道の傍らに猫が一匹佇んでいる。視線は毘沙門天に向けられているようだ。時々

「にゃ〜」と声を上げながら、暫くその猫は英良の後をついてきた。冷たいビルの谷風が路上に吹き、砂埃が舞い上がり風の音を感じる。どこからか洋楽のバンドらしいBGMが聞こえてきた。そういえばここは昔ながらの商店が建ち並ぶアーケード街であったが、十年ほど前から店の半分はシャッターが閉じられており営業はしていない。遠くから救急車のサイレン音が聞こえたが、かなり近づいてきたと思ったら、また音は遠のいていった。歩を進めていくと風に乗って炭で焼いた焼き鳥の匂いが漂ってきた。店の換気扇から自然と出てきた煙だ。店の中からはカウンターに座っている数人の会社帰りの四十代の男性が三人談笑している。

鳥居がどこまでも続いていた。まるで合わせ鏡の中を覗いていているようだ。暫く歩くと鳥居が途切れ狛犬の像が両端におかれている場所に行き着いた。その先には小さな祠が建ち、祠の横には杉の巨木がありその前には奇妙なモノが一体存在している場面に遭遇した。

「餓鬼に御座います」毘沙門天が英良の心中を読み答えた。

「餓鬼……？」

「御意。地獄からの使いの者に御座います英良様」毘沙門天が答えた。

餓鬼……それは見るからに醜悪であり、英良は自分とは全く異質のモノに感じた。否……英良には異質なモノとして映っているが、他の人にはある意味、異質には見えないかもしれない。それは異質ではなく、本質の問題かもしれない。金銭欲や出世欲などの世俗の欲を求める人間がいる反面、労りの本質しか持っていない人間がいるように、英良には異質でも、餓鬼を異質と認識しない人間はいる。

「我の剣、これは羅生門といいこれも光の剣に御座います。英良様の光力を受け、我等を蹂躙しようとする闇の塊を一掃する剣でも御座います。これからこやつを斬り捨てます」

毘沙門天は本差しの羅生門を抜き一刀両断で餓鬼を斬った。一瞬悲鳴のような声が上がり餓鬼は風塵となって消えた。暫く英良と毘沙門天は無言で立っていたが、砂塵が舞い上がり辺りが薄暗い気配に変わってきた。毘沙門天は餓鬼を振り向くこともなく英良に言った。

「英良様。これから地獄の門をこじ開けますぞ」

毘沙門天は傍にある巨木の根の辺りを指さした。英良が見ると五十センチほど歪んでいる。

「我についてきて下され英良様」と毘沙門天は両足から歪へ突っ込んでいく。

英良も気合を出して飛び込んだ。

暗闇を進んで行くと毘沙門天の光に反応して周囲の闇が不穏な動きを見せ始めた。何もいなかった闇の空間に一つ、また一つと黒いモノが現れ始めた……魑魅魍魎が毘沙門天へと迫る。

いつの間にか魑魅魍魎が毘沙門天を囲い込む。黒い塊、それらの姿が次第にはっきりと現れだした。先ほどと同じ餓鬼である。口が尖り、目がなく、髪が顔の半分を隠し手が短く腹が異常に出ている。

「どけどけ餓鬼ども！」毘沙門天は、羅生門を抜き餓鬼を一刀両断に斬り捨てていった。

暫くして遙か前方に黒い塊が現れた。

「ぬぅ……」毘沙門天の右手は羅生門の柄を掴み身構えた。漆黒の闇の軍勢であった。

「英良様。不穏な気配、負の力が迫っています。これから対峙致す。英良様の助力なしでは突破は不可と……光力千陣羅生門《こうりきせんじんらしょうもん》これを可能な限り放って下され英良様」

英良は光力千陣羅生門を詠唱した。その言霊の力が毘沙門天に届き鮮烈な光陣が毘沙門天の脳天からつま先まで貫き羅生門に伝わった。直視できないほどの光が閃き周囲の闇を照らした瞬間に毘沙門天は羅生門を鞘から抜き、上段から一太刀で大闇を斬り捨てた。一瞬の出来事だった……あの闇の塊が凄まじい光力で消滅してしまった。

「なんというお力か……」怒りの表情から元の表情に戻った毘沙門天は、受けた力の大きさに感嘆した。今まで殺伐とした強風が吹いていたが、今は止んでいた。悪意のある力は強大で他を圧倒するが、毘沙門天と羅生門は大闇を凌駕する何かを持っており毘沙門天の元の表情はその何かを感じ取っていた。


光が届かない薄暗い世界を英良と毘沙門天は進んでいた。足下に何があるのかも分からない。不意に背後や横から襲撃されたらひとたまりもない状況だ。暫く進むと、両側が岩壁で下り坂が見えてきた。その坂が右方向へ緩いカーブとなって繋がっている。そこを抜けるとすり鉢上の開けた窪地に着いた。そこで驚く光景を目の当たりにした。

「毘沙門天殿。あれは……？」英良は毘沙門天に奇妙な情景を尋ねた。

少し考えた後に毘沙門天は「あれは太陽神に御座いますな……」と答えた。

「太陽神？」

「御意」

「それと？」英良はもう一方の正体を毘沙門天に尋ねた。

「鵺《ぬえ》に御座います」伝説上の生き物「鵺」それと「太陽神」。鵺が太陽神の上に覆い被さっていた。太陽神はこのままでは滅されてしまう。何とかしなければ。

「助けますか？」毘沙門天が英良に聞くと「当たり前じゃないかな」英良は答える。

「御意」毘沙門天は、すばやく鵺の背後へと降り立ち羅生門を鞘から抜いた。鵺は異変に気付き太陽神から離れ距離を置き毘沙門天と対峙した。毘沙門天は鵺の腹に一太刀入れようとしたが、鵺は後方に一回宙返りしかわす。然し毘沙門天の二太刀目は鵺もかわしきれず、苦悶の表情を浮かべる。毘沙門天はその好機を見逃さず、鵺は三太刀目で上段からの毘沙門天の振り下ろす電光石火の太刀に抗しきれず真っ二つに斬られ灰と化して消えていった。英良はすぐに窪地へ降りてきた。

「大丈夫でしたか？」英良は太陽神に言葉を掛けた。

「……危ういところ、我を助けてくれて礼を申したい」太陽神は立ち上がり英良と毘沙門天に向かい合って礼を言った。

「何故ここに？」英良は尋ねた。暫く間を置き、「人界に異変が起きたのだ」太陽神は短く答えた。「異変？」英良は聞き返した。

「そうだ」太陽神は必要なことだけ答え長く言わなかった。

「どうして貴方がここに？」何故神がここにいるのか英良は聞きたかった。

「闇の力でここへ堕されたのだ」

「闇……？」英良は一人呟いた。

「そうだ。闇が人界を覆い我の光を遮ったからだ。今まさに危機が迫っていると言っても良いであろう」

「危機？」

「そうだ」

「どのようなものですか？」

「人界は既に昔のような所ではなくなってきたということだ。闇の力が蔓延し我等の神々の力が届かなくなっておる。厚い雲が地を覆い全てを流し人々の嘆きが聞こえている……風は怒り、地は悲鳴を上げている」太陽神の言葉は続く。

「全てが狂い始めているのだ。我も含め八百万《やおよろず》の神の声が届かなくなっておる」

「どうしてそんなことに？」英良は言う。

「人界では己のことしか考えていないということだ。与えられた土地を削り生命の水を汚し己の住む大地を窮地へと追いやっておるのだ。このままではいずれ自らを崩れ落ちる土の中に追い込んでいくであろうぞ。人というものは多くの物を欲する。それが螺旋となり際限なく続く。自らを破滅に追いやることも考えずにだ」

破滅、破壊、欲望……己の欲を満たす底なしの闇……英良は空ろな目で虚空を見つめた。どこを見ているのか分からない、焦点の定まらない抜け殻のような身体になっていくのを感じる。太陽神の言葉は危機感というよりは絶望を表している。

「地球の地軸が狂い始めている。このままでは、地球は破滅を迎えるであろう。今でもその予兆が起きていることは分かるな？」

太陽神の言葉に英良は小さく頷いた。

「弱きものが波に飲まれていく。地鳴りと共にだ」

英良は眠りから覚めたようにソファーから身を起こした。腹筋と背筋それに大腿筋に筋肉痛を感じた。異常な疲労だった。

回想の母

英良が十六歳の高校二年の夏休みのことだった。英良は母が入院している旭川市内の病院へ向かった。自宅から自転車で二十分ほどの所にその病院はあった。病院はいつ来ても異臭を感じるが、英良はその臭いが嫌いではない。正確に言うと気にならないほうだ。その独特の臭い、院内では感染を防ぐために病室、診察室や待合室などあらゆる場所を消毒するために消毒剤を使っている。その消毒剤の臭いや治療や検査に使う薬品によって、日常生活では感じることのない薬品の混在した臭いを感じるものだ。

子供の頃から英良はいつも自分のことを変わったやつだと感じていた。人が嫌うものや事象を嫌わず、人込みを避け一人で行動することが多かった。友人を多く作らず、ガールフレンドもいなかった。多くの人間がやるような習慣的な行動は一切取らない。自分を変わった人間だと自負している。英良は受付で顔見知りの女性職員に要件を告げて病棟に入った。その女性職員は瞳が大きく、はっきりとした二重瞼で化粧はさほど濃くはないものの美人だった。身長は一六〇センチくらいだが、声はよく通り張りがあり、髪は長く、後ろでリボンのバンスクリップで留めていた。身体は太っておらず、胸もさほど大きくないが、乳房のふくらみははっきり見え、腰は良くくびれて骨盤は大きく日本人離れした体格をしていた。会計の窓口には右手で杖を突き、大声で怒鳴り職員に苦情を言っている高齢者の男性患者がいたが、周りの人は関わるのを嫌い無関心を装い、日常生活とは全くかけ離れた場面のように自分とは異空間のような雰囲気で一線を画していた。その男性患者の後ろには赤ちゃんを抱いた女性が距離を置いて待っており、横からはストレッチャーに寝かされた患者が通り過ぎて行った。英良は母の着替えや生活に必要なものを一式持って通路を歩いて行き整形外科の待合所に来た。長椅子にはギブスを巻いた若い男性患者が松葉杖を脇に置いて座り、英良はその白く長い足を大きくよけて通り過ぎた。前の方を見ると先ほどストレッチャーに乗せられた患者がいて、一人の看護師が付き添って作業をしていた。その看護師は身長が一六八センチほどあり均整のとれた身体でナースパンツとナースシューズを履いていた。英良の身長は一七二センチだったので、ナースシューズの高さを合わせると英良の身長と同じくらいになった。ストレッチャーの高さは丁度腰の位置にあり、彼女は腰を屈め医療用の寝具を患者に掛けており、屈んでいたため英良に向けていた形の良い尻があらわになり、僅か一メートルくらいの英良との距離では肉感的な尻に白いレースのハイレッグのパンティーラインがそのディテールまではっきり見えた。その後、彼女は床に落ちた医療用の布を拾うために、深い前屈の体勢になった。ハイレッグのショーツにぴたりと吸い付いた左右の分厚い唇状の肉の塊が両足の太腿の間に挟まれて垣間見えた。英良はその唇状の肉塊に瞬間的に欲情を感じたが、前屈の女性の太腿の間から見える肉塊が何であるか、十六歳の時には分からず、ただ本能的な感情を醸し出す光景にしか感じなかった。隣には精神科の診察室と待合室があり、これから昼休みなのか一人の女医がサンドウィッチと缶コーヒーの入ったレジ袋を持って歩いて診察室から出てきた。その女医は美人なほうで髪は長く、髪を後ろで飾りのない髪留めで束ね英良と目が合っても何事もなかったかのように前に向きなおり、厳しい顔つきで近寄りがたい雰囲気を持って歩いて行った。待合室を横切り、通路を歩いて行くと突き当りがレントゲン室だった。技師が大声で患者を呼び、反応がなかったものの暫くすると患者らしき中年の男性が来て何やら苦情を言っていた。その話では待合室の場所が分からず、少し離れたところの長椅子で待っていたが声が聞こえなかったと強い口調で抗議しており、担当の技師もなるべく大声で呼んでいたが対応が悪く申し訳ないと謝罪していた。英良はレントゲン室から左へ折れ通路の階段を五段ほど降りて真っ直ぐ行き、突き当りを右に行くとエレベーターホールへ着いた。英良は五階のボタンを押したがエレベーターはなかなか来る気配がなく、四階で長く停まりそこから暫く動かなかったので英良は階段の扉を開け中へ入った。階段というものはいかにも飾り気がなく殺風景なものだ。要するに人の上下の移動しか用途がないのでコンクリートが剥き出しになり照明は薄暗く、今も以前も人が通った雰囲気さえも感じないばかりか足音だけが不自然に反響して耳に入ってくる。英良は階段を二段飛び越して上がろうとして中途半端に足を上げ、蹴躓《けつまず》きそうになり危うく手をついて転びそうになった。足がばたつき足音とは違った変な不協和音が階段の上方と下方からこだまする。その時ふと壁を見るとシミがあり、見方によるといろんな解釈ができるものだ。ある一つのシミが死んだ父の顔に似ていて、その顔は見方によるとしかめ面にも見え或いは怒った顔にも見えた。三階の踊り場に着くと非常出口の緑色の掲示板が目に付いた。いつものようにマッチ棒を数本くっつけて擬人化した人が走って逃げて行く様子が奇妙な印象だ。何故この時に死んだ父のことやマッチ棒の人型のものが頭をかすめていくのか不思議な気がした。何の変哲もない単調な階段を上がっていくと、どこを上がっているのか、今はどの辺を上がっているのか皆目分からなくなる。英良もこの時、階段を上がっているとどの階なのか分からなくなってきた。五階のフロアーに着き、両足がパンパンに張りくたびれてきた時に五という数字が入った電光掲示板を見てやっと五階だと分かった。乱れた呼吸を整えるために英良は三回深呼吸を行ったもののまだ息が乱れていたのでもう二回深呼吸をした。踊り場から扉を開け病棟へ入り詰め所に行き、看護師に要件を告げると太った看護師が英良に対応した。詰め所には三人の看護師がいて室内の中央に丸いテーブルで下を向き何か事務作業をしている看護師ともう一人、上が深いブルーのナースウエアに白いナースパンツを穿いた看護師がパソコンの画面を見ながら作業を続けている。二人とも顔を上げず作業に集中していたのか、英良の顔を少しも見なかった。詰め所の中は看護師の業務が多忙すぎるのか、空気感が殺伐として雰囲気は良くはなくむしろ悪い雰囲気を英良は感じた。英良を案内した看護師は無愛想で何も口を利くことなく、英良から二メートルほど前を歩き、ネームプレートには「笹本」と書かれていて、彼女は看護師長らしかった。笹本看護師長は背は低いが肩幅が広く、脇腹には十分な脂肪がありナースウエアの上からも脂肪が波を打ち段差ができており、つま先はやや外側を向いて、歩く時はガニ股気味になっていた。笹本看護師長は感情というものがなく、あくまで現代社会が作り出した機械が人間に命令されて動くロボットのように歩いて行く。通路ですれ違う女性職員はリネン室からシーツや枕カバーを出し、使用済みのそれらを大きな布袋へ納める作業を行い英良を見ると気軽に「こんにちは」と声掛けしたが、笹本看護師長にはそれをあえて打ち消す雰囲気があった。暫く歩くと母のいる506号室へ着いた。四人部屋の室内には母ともう一人の患者がいて、その患者は入り口からすぐ左側のベッドで眠っていて笹本看護師長と英良には気付いている様子はなく、患者の区画は全てカーテンで仕切られて母のベッドは窓際の左側にあった。母は英良に気が付くと、ベッドの上体部分を少し起こし会話がしやすい体勢になり、英良は持ってきた物を脇のスツールの上に置いた。気が付くと笹本師長はいつの間にか病室からいなくなっており病室は三人だけになっていた。母は英良に腰掛けるように目で合図し、母は何か飲むか聞いたが、英良は要らない、と答えた。母は必要なものを枕元の上の両開きの棚の中へしまうと英良に話し始める。その時の母の声は英良には妙に改まった声に聞こえた。

「これから言うことを忘れないで聞いてちょうだい。あんたは優しい子だ。いつだったかね、あんたは雨の日の夕方にずぶ濡れになった茶虎の子猫を家に連れて来たね。その猫はあんたの後をついてきたんだね。あんたの優しい光に誘われるように。そんな猫を可哀想に思いずっと家まで連れて来た。その猫も一週間ほど一緒に過ごしていたけど弱っていたせいかね、死んでしまったね。最後は座布団の上で静かに横たわっていた。暖かい場所であんたに見守られて安心したんだろうねきっと。その後は家の裏庭にそっと埋めてあげた。そんなこともあったね。あんたは困っているものを見ると黙っていられない性格なんだ。特に小動物とかには。なんでそんなに一生懸命になれるのか不思議だった。あんたはそんな子だった。人を大事にする気持ちや労わる態度も多かったね。自分のお小遣いを使って年下の子におやつを買ってあげたりもしていた。あんたは優しい子だよ。その気持ちを忘れないで……。だけどね、優しいだけじゃ生きていけない。それだけは分かってちょうだい」母は右手で英良の右手を握り言った。「今のあんたは、誰かに利用されて全てがボロボロにされる……。そんなあんたの姿が見えるんだよ」英良は目を開いたまま涙が自分の手の甲にぽたぽたと落ちてくるのを感じた。時々瞬きすると大量の涙が零れ落ちた。涙のしずくが跳ね返り床に落ちていく。「これからはあんたに近寄る人を見極めなさい。そして判断を誤らないで生きていくんだよ」英良はうんと答える。

英良は子供の頃の記憶が蘇ってきた。それはある少女の記憶である。少女といっても英良の同級生だったのだが、英良はこの少女を二人の男子といじめていた。たしか小学校三年の時である。下校時に、その女子に英良は後ろから石を投げていた。その少女は走って帰り母親にそのことを告げたらしい。母親はその中の一人の少年好夫のみ叱った……。英良ともう一人の少年幸太は何も言われなかったのだ。

何故だろう……？　そう言えば、この少女青山由紀子は好夫達にいじめられていたが、ある日のこと英良は母親に「由紀ちゃんを助けてあげなさい」と言われ一度だけ助けたことがあった。英良の母は由紀子がいじめにあっていたことを知っており英良の話からも母は分かっていた。それ故、母は由紀子に助け船を出してあげろと英良に言った。

ある日の午後その出来事は起こる。由紀子が図書館から借りた絵本を返そうと教壇に置いた時のこと。その絵本の中のあるページを見た好夫が言った。そのページは糸がほどけ、皆が放っておいたもの……。それを由紀子の母親が縫い合わせて直していた。そのページを見て言った好夫の言葉から始まった。

「青山さんが、これを直したの？」好夫は縫い合わされたページを開きそこを触りながら指を差して言ったのだが、それには訳があった。由紀子の母親が縫って直したところが元の縫い目より数ミリ程度だがずれていたのだ。それを見つけた好夫は由紀子を問いつめて言った。彼女は子供ながらに表情を変えずに黙っていた。その時、英良は自然に言葉を放った。

「いいじゃないか……」英良は好夫の言動を遮断した。それは全て由紀子の母親が善意でやったことであり、それは完全な形で修復できなかったにせよ、責められることではなかった。その後も好夫は由紀子を、重箱の隅をつつくようにじわじわといびり始めた。英良はそんな好夫に付和雷同もせず、由紀子に対する好夫の執拗とも言える言葉をことごとく断ち切っていった。

「なんで英ちゃんは、青山さんの肩を持つ？」好夫は嘲った。今思えば、英良はいじめの経験を持っていた。しかし、いじめた相手の女子に好意を抱かれた……不思議なことだった。由紀子はあのようなことがあり英良に特別な感情を持った。英良は特別な感情などみじんもなかったにもかかわらず、好感を持たれた。英良の分からないところで感情が動き、それが善であれ悪であれ、英良の知らないうちに知らないところで蠢いていた。

英良が中学二年生の時にある女子から年賀状が届いた。裏面には「英良君好き……誰にも言わないでね」と書かれていた。その女子は英良も含めいじめていた子であったのだが、不思議なことに英良は悪意を持っていじめたことがなかった。そのせいなのかは定かではないが、このような年賀状をもらうとは怪訝だった。

高校一年の時友達の母親と再会した。彼女は英良の手を握り言った。「昌代がね……英良っていい奴なんだよって。……ごめんね呼び捨てにして……」そんなことを昌代の母は言っていた……。昌代は英良の一歳下の女子だったが、その子ははっきりものを言う性格のため、英良はあまり好きではなかった。

悪意はなかった。英良は全てにおいて……それは傍らで見ているとお人好しに見えるかもしれないが、英良にしてみれば至極当然のことだった。人を恨んだこともない。憎んだこともない。蔑んだこともなかった。そのようなことも脳裏をかすめていった。

身体中の涙を全て出し切ったような気分だった。病院から家までどのように帰ったのかも覚えていない。帰宅途中の記憶が全くなかった。その後、母は亡くなった。死因は肺がんで、近くのセレモニーホールで密葬を執り行った。

邂逅

穏やかな日が続く。英良はジョギングシューズを履き早足で目的のない散歩を行った。車の走り抜ける音、路線バスを待つ人、郵便配達人が郵便物を集配している。青い空には雲が点在している。英良は雲をずっと見ていたが全くといっていいほど原型をとどめている。地球の自転速度は秒速四百六十メートルだから上空ではかなりの強風が吹いているはずだ。数分して雲はキャンバス上の白い絵の具を引き伸ばしたように細長く変わっていく。地球の自転軸と時間軸と連動して人々の営みは普遍的に続く。

英良は久しぶりに近くの公園までウォーキングした。顔に当たる風は冷たいにせよ心地良かった。ベンチに座ってミネラルウォーターを飲み一息ついた。ぼんやり空を見上げ雲を見ていた時のこと。足下に違和感があり、目を下に向けると一匹のトイプードルが英良の足首の匂いをかいだり、前足を彼の足の甲に上げたりしていたのである。英良はその犬を抱き上げた。

「すみません」若い女性が近づいてきた。

「おいでマカロニ」英良の手から犬を抱き上げ彼女は言った。

「マカロニって名前ですか？」

「はい」

「人見知りをしないんですね？」

「そうでもないです。この子は人を選んで近づきますよ……」マカロニが飼い主の左顎をなめていたので、彼女はそれを避けながら話した。

「飼っているのですか？」

「はい。趣味も職業もこれですから」彼女は両手でマカロニを抱きながら答えた。

「えっ？」

英良が聞き返すと「仕事が獣医なものですから……」彼女は答えた。マカロニも嬉しそうに尻尾を振る。

「何をされているのですか？」英良が仕事を聞くと「サーカスで獣医をしているものですから……」彼女は答える。

「今日はお休みですか？」と彼女が尋ねると「ええ……ちょっと」英良は言葉を濁した。

「私、今日は非番だったので、この子を連れて散歩していたんです」少し歩いていたがマカロニが英良の方を気にして見ているように感じてならなかった。

「何歳ですか？」

「二十八です」彼女は答えた。「いや……この犬の年です」

「ああ…一歳七ヶ月です」彼女は悪びれもせず答えてくれた。それを聞いて英良も安心した。「若いんですね？」

「ええ。でもまだ子供ですけどね。お名前聞いても良いですか？」と彼女が言うと「峠原英良です」

「私は相川さつきです」と彼女は答える。英良は暫く公園を歩き彼女と別れた。

半醒半睡……英良はこの状態の時にいつも不思議な事象に逢着する。英良は就寝して間もなく毘沙門天から声が掛かってくるのを感じた。

毘沙門天は冥府の奥深くを進んでいたが漆黒の闇の中に不穏な気配と遥か前方に悪意を感じた。「堵椡瑠《とろる》か……！」……多勢に無勢の餓鬼の群が後にいた。

「英良様？」

「どうした毘沙門天殿？」

「何やら不穏な気配を感じまする。お力を頂けませぬか？」

「力……何をしたらいい？」

「力天の力をお願いしたいので御座います英良様。可能な限り下され。英良様のお力があれば悪行三昧を尽くした者どもを打ち破れるかと……お願い致す英良様」

英良は力天を詠唱した。光に力天の言霊が載り、光陣が毘沙門天に降り注いだ。毘沙門天は僅か二度羅生門を振り下ろし堵榔瑠三兄弟を斬り捨てた。羅生門の凄まじい光の煌めきで周りの餓鬼達もたじろぎ後ずさりを始めた。毘沙門天が餓鬼の集団を睨み付けると、餓鬼は一斉に退散を始めた。毘沙門天は力天の力で逃げまどう餓鬼を斬り捨てていった。最後に残った餓鬼の親玉の大餓鬼を一刀両断に斬り捨てた刹那のこと。その大餓鬼は英良の名を断末魔の声と共に発して消滅した。

「有難きお力に御座いました。英良様」毘沙門天からの声が聞こえる。

「我の前に立ちはだかる闇は斬り捨てましたが、大餓鬼を斬り捨てる時にそのモノが英良様の名を叫んでおりましたぞ」

「私の名を？」

「御意。英良様の名はここ冥府でも知れ渡っているので御座いましょう。あまり良いことでは御座いませぬな」英良は毘沙門天の話を聞くたびに寒気がした。

毘沙門天はある強力な力に引き寄せられさらに冥府の奥へと進んでいった。

「あれは！」毘沙門天の視界に数十体の餓鬼とその中にひときわ目立つ餓鬼が二体映った。その餓鬼は衛兵のように一つの祠を守っていた。「そうだったのか」毘沙門天は、あの祠の中に宝物の光の剣があることを確信した。

「英良様……」

「どうした毘沙門天殿……」

「ついに見つけたので御座います。光の剣を……」

「どこにあった毘沙門天殿？」

「それが、冥府の奥底に御座います。小さな祠の中にあるかと。然し英良様……その祠の周囲には餓鬼どもが集っております」

「行くか毘沙門天殿？」

「御意。英良様のお力を頂けますか？」

英良は頷く。

「光力千陣羅生門《こうりきせんじんらしょうもん》。この力を下さらぬか英良様……」毘沙門天はあまり刻をかけたくなかった。この騒ぎを嗅ぎつけさらに多くの餓鬼や魑魅魍魎が集まってくる。毘沙門天はそれを避けたかった。

「分かった毘沙門天殿……光力千陣羅生門の力を放とう」英良が光力千陣羅生門を詠唱した瞬間、光力千陣羅生門の光陣が即羅生門に流れ込んだ。羅生門は金色に煌めきその光で祠を取り囲んでいた小さな餓鬼は一瞬にして消滅した。毘沙門天は餓鬼の群に割って入り、祠の入り口へと走った。餓鬼どもは慌てふためき、毘沙門天と対峙するどころか逃げまどう。

「どけどけ餓鬼ども」羅生門を縦横に振りかざし、密集して動けない餓鬼を斬り捨て毘沙門天は進み、祠の前まで来たが祠の入り口の扉の前に二体の餓鬼が毘沙門天の進入を許さじと立ちはだかった。しかし、その抵抗も毘沙門天の敵ではなかった。疾風の如き羅生門の動きでその二体の餓鬼の首は闇の中へ刎ねられていった。周囲を見渡し、襲撃してくる闇の動きはないと判断した毘沙門天は祠の扉をこじ開け、細心の注意を払いながら中へと入ると室の中ほどには四尺ほどの箱が紐で結ばれており、十字のような文様が書かれていた。毘沙門天は紐を解き、箱を丁寧に開けた。

「おおっ!」毘沙門天は低く呻《うめ》いた。毘沙門天が目にした剣は、紛れもなく光の宝刀だった。「やりましたぞ……英良様」毘沙門天は光の宝刀を背負い祠を後にした。

毘沙門天は人界へと急いだ。途中に小さい闇……餓鬼の群や騒ぎながら襲ってくる魑魅魍魎の塊はあったが、毘沙門天はかわしながら前へと進み続けた。およそ二刻……それは人間の世界では二時間くらい進んでもう少しで冥府を出ようかとした時のことだった。遠くから見ても分かるほどの悪意の塊が毘沙門天の行く手を塞いでいた。それは荻野一族と呼ばれる一団だった。

「ぬぅぅ……」毘沙門天は短く呻いた。

「英良様」

「どうした毘沙門天殿……？」

「我の前に立ちはだかるは、荻野一族……かつては我等と同じ仏界にいた者。しかし欲に溺れ闇の世界へと堕ちていった者に御座います。何故、今ここに現れたのか！　我の行く手を阻むのか……？　とにかくこの場を速く抜け出さないと後から冥府の追っ手がくることは必至に御座います。英良様。光力千陣羅生門この力を我に！」

英良は光力千陣羅生門の力を毘沙門天へと放つ。光陣が流れ込んだ羅生門は銀色に煌めき、毘沙門天は前方の荻野一族の隊列へと進んでいった。整然と隊列が組まれていたが、毘沙門天が前列を切り崩し奥へと進むにつれて隊列は機能を失ってきた。毘沙門天が敵陣の中央まで辿り着いた時には、既に総崩れとなり斬り捨てられた者の中に敵意の総大将がいたのだろう。主を取り巻いていた歩兵達は全て退散し、残されたのは毘沙門天に斬られた亡骸のみだった。

「何とか敵意を突破しました。これから冥府を出ることと致す英良様」

「大丈夫か毘沙門天殿……？」

「なかなか手強い軍勢で御座いましたが、何とか無事で御座います英良様」

「荻野一族とか言ったな毘沙門天殿……」

「御意」

「一掃したようだが……。冥府の追っ手と荻野一族。何故このように行く手を塞がれる毘沙門天殿？」

「我も幾重に闇の軍勢が追ってくることを疑っておりましたが、この後にはやはり大きな力が働いているものと想像がつきます」

「大きな力？」

「御意……」

「その力とは？」

「鏑木かと思われます英良様」

「そうだったか」と英良はため息をつく。

「何やら重苦しい気配を感じます英良様……」

「そうか」と英良が言うと「英良様、くれぐれも御用心下され！」と毘沙門天は言う。

「分かった毘沙門天殿……早く戻ってきてくれ！」

「御意」

広目天は神龍と共に対の神器を探していた。鏡盾……を。闇の力が蠢く冥府の中は、四天王の力を持ってしても容易に先へは進めなかった。広目天は神龍に乗り先を目指していたのだが、魑魅魍魎による怨念、恨み、妬み、貶め、誹りなどの力により周りの風景が歪み真っ直ぐに進めない状況にあった。神龍は行く手を阻もうとする闇の塊を淘汰しながら道を開いた。その時である。広目天は前方に大きな歪を感じた。

「怒羅権《どらけん》か……何故……？」広目天が疑問に思ったことも確かだった。怒羅権がこの時にこの場所に現れることが不思議だった。

「英良様……我の言葉が届きますか？」

「広目天殿……どうした？」

「怒羅権に御座います英良様。この者は一筋縄ではいかぬほどの者。かつて毘沙門天と対峙し引き負けたほどの者に御座います」

「怒羅権……？」

「御意。この難敵を打ち破るためには、英良様のお力が必要に御座います。神龍に誇龍の力を放っては下さらぬか英良様。英良様のお力なしではこの場を脱することは不可能かと思われます。何卒神龍へとお力を英良様」

前方の闇の塊は二体の悪魔となり黒い煙幕を巻き起こしながら禍々しい渦を形成してきた。しかし怒羅権ははっきりと姿を晒さない……広目天と神龍に姿を捉えられないようにしていた。

「誇龍《こりゅう》、誇龍」と英良は詠唱する。

「英良様。有難きお力に御座います。神龍が光陣を受け大きく金色の光を放っております。これなら負けはしないかと……さらに誇龍のお力を神龍に、英良様……」

黒い闇の霞が神龍を覆ってきたが、神龍は口から金色の光を闇の中へ射し込み突き進んだ。円を描きながら、上へ昇り闇の力を分散する。怒羅権は力が甚大だった。闇の力は天から闇の幕を下ろし広目天と神龍もろとも一網打尽にしようとする。しかし、誇龍の力はそれを遙かに凌いだ……。「誇龍、誇龍、誇龍」英良は力を放ち続けた。

神龍は大きさは変わらないが、英良からの力により光陣を帯び一回り大きく見える。動きも機敏になり、怒羅権の闇を払いつつある。

「英良様。お力をお納め下さい。怒羅権はこれ以上抵抗はできないでしょう。神龍の力……英良様の力が勝りましたな……」

二体の悪魔の姿が崩れ、闇の塊へと同化した。怒羅権の力が消滅しつつあった……。

「もう良いか広目天殿……？」

「御意。我等はここを通り抜けます英良様。有難きお力に御座いました」

「何か起きたらまた言葉をくれ広目天殿……！」

「御意。有難き御言葉に御座います英良様」

闇を一掃した広目天は神龍と共に光が届く隙のない冥府の奥深くへと進む。闇の群れは動く気配はなかった。広目天が進む遥か前方に目を向けると何か奇妙なものの気配を感じた。光を微塵も感じない冥府の奥深くで確かに光を感じる。

「これは……」広目天は吃驚した。

「英良様、我の声が届きますか？」

「どうした広目天殿？」

「英良様……」

「闇の奇襲でも？」

「否。退魔の光に御座います」

「退魔？」

「御意、退魔の光、それは中心部が黒くその周りを白い光が取り巻きさらに外周が黒い輪で形作られているものに御座います英良様」

「それが？」

「この光があれば、鏑木からの闇の力を封じ込めることができるかと」

「闇を封じ込む……」

「英良様。我はこれからこの退魔の光を英良様の元へと転送致します」

「どのようにやる広目天殿？」

「英良様。我はこれより人間界で言う映像という形でこの退魔の光を英良様へ送ります。英良様はこの光を捉えたなら、それを何かに写して保存して下さらぬか。必ずやお役に立つことと存じます」広目天は静かに語った。

「分かった広目天殿」と英良が答えると「英良様。今我の光に載せて退魔の光を英良様へ送りました。必ず捉えることができるかと……」広目天の言葉が途中で切れた。

英良は目を覚まし、ふとスマホを見ると着信光が点灯していた。着信のメールには写真が添付されており退魔の光が確かに写っている。これが退魔の光か、英良は呟いた。

先読の使徒

日々の経つのは早く、旭川の夏はすぐ終わり秋も過ぎ長い冬も終わろうとしている。三月に入りもうすぐ春が来ようとしている。

英良は不思議な感覚に入り込んで行った。こういう時はいつも身体の何かを剝がされるか身体の中の思念が五感を伴ったまま、その場からかけ離れていくという状態になった。

英良は何かに引っ張られるように太いチューブの中を真っ直ぐ上がっていった。意識が薄らぎ地球の周りを移動していくのが分かる。ガラス細工を鏤めたまばゆい光が眼下に広がっているのが見える。意識が下の方へ引っ張られていく。目を閉じた真っ暗な視界の左から点滅した光体が現れ意識が落ちた。彼は気が付くと奇妙な建物の中にいた。その建物は、学校か宿泊施設のような大きなものであり、老朽化し薄暗かった。英良は、その建物の一室の台の上に身体の自由が利かず寝かされていた。近くに日本人離れした顔立ちの女性が、スーツを着て佇んでいた。その女性は、英良が目覚めたのに気が付くと、椅子に左足を上にして足を組んで座っていた。……足を組み替える時、わざとスカートの中が見えるような仕草をした。彼女は立ち上がり、椅子を片づける振りをして、形が良い上向きの尻を英良の方へ突き出した。明らかに英良の視線を誘うかのように。その後彼女は床を滑るようにスーッと近づいてきて、そして声を掛けてきた。

「光の子よ。良くお出で下さいました。お待ちしていました。私は聖地から貴方のパートナーとして派遣されて、ここ極東へ来ました。私の名はジェシカ。これから、貴方に助力するために全てを捧げます。それも私に生がある限り、将来ずっとです。それが私が神から受けた使命です」

聖地、俺のパートナー、日本人離れした容姿の女性ジェシカ、神、使命……。英良はわけが分からず頭の中が真っ白になった。人は突拍子もないことに出くわすと思考が止まる。英良はまさにこの状態に陥った。

「驚いている気持ちは分かります光の子よ。これは夢ではありません。よくお聞きなさい英良……今、貴方の魂の分身の一つが貴方の意識を持ち、今ここにいるのです。分かりますね？」

　分からない、と英良は言う。

「貴方は今、魂の欠片が光化してこの世界にいるのですよ」

「魂？」

「貴方の魂の欠片は、大きな力となって他の光の仲間を助けることもあるでしょう……」

「私が大きな力になると？」

「そうです。しかし、それは後の話」

「私は普通の人。そんな力は持っていません」

「いいえ。自分の中に眠っている力を、神経を研ぎ澄まし覚醒させるのです」

「どうして私なのですか……？」

「貴方は現存する人間としては、底知れないほどの光を放っています。その光の力を私は捉えたのです」

「意味がよく分からない。……どういうことですか？」

「貴方は光の子。かっては光の戦士としてこの世の黎明期の時代に生を受けていたこともあります。それは遙か彼方の時代。世界は九つの世界に分かれていたのです。貴方は一番下層の冷たい氷と霧の世界に絶大な力を持つ王として君臨していたのです。ニブルヘイム。現世ではこう呼ばれていますね。貴方は光と闇と人間の三つ巴の対峙の際に不思議な行動を起こしました。貴方は光か闇のどちらかに与すると雌雄が決した時、何もしなかったのです。その結果、世界は混沌としてしまいました。それもいずれ話す時が来るでしょう。その話よりもっと大事なことがあります。今貴方は、再度、現世で大いなる使命を受けています」

「使命?」と英良は答える。

「そうです使命です」

「どんな使命ですか?」

「いいですか、この先、現世は近い将来、破滅するほどの危機を迎えるでしょう」

危機、と英良は繰り返す。

「そう……既にその予兆は起き始めています。大地が悲鳴を上げ、風が救いの声を上げています……自然が助けを求めているのです。しかし、人間は私利私欲に溺れ、そのような自然の声に耳を傾けようとはせず、この星を蝕んでいます。このままではこの星……地球の地軸は傾き、結果破滅の道を進むでしょう。その序章として近い将来、多くの人が大きな黒い闇に飲み込まれ、多数の命が消えていく……現に私はそのビジョンを捉えました……。貴方は、自分の持てる光の力を放つのです！　力の開眼を急ぎなさい」ジェシカは言う。

力の開眼……、と英良は呟く。

「そうです。今、この時、同じ人間界で、貴方と同じ光の色を持った女性がいます。近々その女性に、私が仕える神が降り立つでしょう。その女性に会い、そしてその女性に貴方の子を宿すのです。生まれ出た子は、いずれ救世主となりこの星を救うでしょう。突然言われて、さぞかし混乱していることでしょう。しかし、よくお聞きなさい」

「さっきから言っている光とは何ですか？」英良は以前広目天から言われた光のことも思い出し尋ねる。

「そうでしたね。最初に光について説明しましょう。……私が貴方を見つけたのは、光が集まるところの場所、つまり光の集合体の中に貴方を発見したのです。人間界には貴方と同じ光を持った仲間達がいます。その者達は、貴方に光を使って交信してくるでしょう。知っていますね？」

知らない、と英良は言う。

「はっきり言えることは、現代のテクノロジーでは、決して解明できない光力で貴方と繋がりを持つということです。良いですか英良、座してお待ちなさい」ジェシカは続ける。「もう一つ貴方に忠告しておかなければなりません。貴方は光の子です。これから先、貴方は一般の人の誘惑に乗ってはいけません。欲を出して一緒の行動を取ってはいけません。欲は自分本意……自分だけが良ければ、それで良いことはありません。自分が利益を占めると、誰かが苦しみます。理解できますね光の子よ。欲は大きく三つあります。分かりますか？」

分からない、と英良は答える。

「それは金欲であり、物欲であり、性欲です。どれかに心を奪われると、光の力は弱まります。気を付けなさい。困っている人を見殺しにすることだけはお止しなさい。分かりますね光の子よ……。この後、多くの光の仲間が窮地に陥ることもあるでしょう。その時は、貴方の持てる光の力で救ってあげて下さい。それも貴方の使命です。誰も失ってはいけません。良いですね。それだけは忘れてはいけませんよ光の子」

「……光の子？」

「そうですよ。光の子とは、この世界を闇から救うために神がお選びになり、人間界へ使わした者のこと……まさに貴方が、神に選ばれたお方の一人。……後々理解するでしょう。何も心配することはありません。安心なさい」

英良は、半信半疑な表情で台の上に寝ていた。

「貴女はジェシカさんでしたね？　ところで、ここはどこですか？」

「先ほども説明しましたね。ここは、意識の中です」

「意識の中？　私は病気で倒れたのですか？　もう私は死ぬのですか？」

「貴方は正常ですよ。さっき私の言ったことを理解していませんか？　貴方にはやらなければならない仕事があるということを！　これは現実です」

「頭が混乱してきました……すいません。とにかく、元の世界へ私を戻してもらえませんか？」

「良いでしょう光の子よ。でも今一つ貴方にお願いがあります。幸福のある未来へ向かうため……これからの毎日、心の中でこう呟いて下さい。シャローム」と。

「シャローム……？」

「そうです」

英良はジェシカの顔を見ている。

「よく聞いてくれました……この言葉はヘブライ語で〝あなたに平和がありますように〟という意味を含んでいます。一日二回、起床した時と寝る前に、必ず行って下さい。おやりなさい！　数秒で済むことです。面倒臭がるのも良いでしょう。ただ、疑念を持ったり、意識的に怠ると貴方は《大病》へ一歩ずつ近くので注意なさい。良いですか……。世の中には科学で証明できないことが山のようにあります。既に、貴方が体験していることも含めて……。貴方の夢の中に出てくる人物や日常生活で貴方に降りかかってくるあらゆる事象が、貴方の持っている光に誘われて来るとしたら？　力なき弱い者は、力あるものに近寄り巡ってきます。光あるものには、同じく光ある者が近寄ってきます。分かりますか？　また同時に邪悪な黒いモノが近寄ってきます。弱い光を持つ者は、強い邪悪な者に飲み込まれ消えてしまいます。……強き光を持つのです。この世にある物は全て繋がっています……。今は分からずとも、後になって貴方もだんだんに認識してくるでしょう。私は、これから一週間で私の持てる力を貴方へ送り終えます。それで未来が間違いなく変わるでしょう。私の言葉に真意を見出すかは全て貴方次第ですが……。私の言っていることが理解できますね光の子よ？」

分かると思う、と英良は答える。

「そう光の子よ。英良、光の未来が見えてきました。刻一刻とその時が近づいています。間もなくなのは間違いありません。光の未来を感じながらシャロームとお祈りしなさい。私の言う光の未来は数十年に一度あるかないかの幸運だということを忘れないで下さい。それと英良、先日私の祖国の元、私の崇める神が乗り移っている少女が亡くなりました。グレゴリオ暦で年始から八十一日目となった三月二十一日、凶日にです。神は二十四時間以内に全世界を巡り強大な力に耐えうる人間を見つけるはずです。それが今日です。そして、「優里《ゆり》」から今まで感じることのなかった強い光、波動を感じます。何を意味するかはまだ分かりません。ただ、私の崇める神の名前は、「エリーナ・モーセ」そう呼びます。祖国で神が乗り移っていた少女が亡くなったことには意味があるのでしょう。神が全世界を巡り強大な力に耐えうる人間を捜し出す時間はここ日本を含めとっくに過ぎました。私が感じる神の波動は間違いなく優里から発せられています。次第に彼女も自分が何故エリーナ様に選ばれたのか真の意味を自覚することでしょう。これから神と優里とのシンクロには時間がかかります。今日明日というわけにはいきません。まだ少しの時間はかかるでしょう。私は優里に仕える準備を始めます。英良、貴方も選ばれし者です。信じるも信じないも貴方次第、そして優里を守り平和と安寧を作るのも峠原英良、貴方次第です。この後にエリーナ・モーセから貴方にお言葉が届くでしょう。神が人間と言葉を交わすということはあり得ないのですが、それを私は初めて目の当たりにします。心を平静にしてお待ちなさい英良。それともう一つ貴方に伝えなければいけないことがあります。既に分かっていますね？」ジェシカは言う。「鏑木という闇導師のことです。かなり梃子《てこ》摺《ず》っているようですね？　血滅師の血を引くものとして人界へ転生した闇の使い手のことです。シャーマンによるとこの者は古代の仏戦争で暗躍した闇を纏った仏を操るようです。気を付けなさい英良。貴方の力があれば負けることはないと思いますが。それと日本古来の仏が貴方に付いていています。巨石の仏を後盾に持つ光ある女性も貴方の仲間です。力を合わせて闇を駆逐なさい。分かりますね光の子よ。平和で心の安らぎを……シャローム」

英良は言葉の響きに引き込まれ身体が急激に下降していった。エレベーターで急に下降していくような感覚になり意識が遠のいていく。気が付くと今度は真っ暗で直径が二メートルほどのチューブの中に立っていたが足が思うように動かない。必死にもがいて足を動かそうとしても早く歩けない。まるでスローモーションの映像の中にいて自分だけが地球の重力に逆らって歩いているようだ。はるか前方に小さい光が見えてきた。ここはトンネルの中なのか。それにしては足元が不安定に感じる。砂浜なのかうまく歩けない。地面全体が英良の前進を阻もうとしているようだ。どれだけ時間が経っただろうか？　光がだんだん大きく見えてくる。そこは出口なのか？　出口に辿り着き下を見たが白くて何も見えない。英良の意識はその白い波へ飲み込まれていった。

英良は短い吐息と共に目が覚めた。掛け時計を見ると午前五時五十二分。すごい疲労感があり、まるでフルマラソンでもしたようだ。疲れた、英良はため息をついた。

666

今日は変わった日だった。お客さんからお菓子などを貰うことは再三あるが、今日に限っては三組のお客さんからそれがあった。最初は朝一で乗せた子連れの女性客から大福もちを一個、二人目の高齢者の女性客からキャンディーを一袋と三人目の中年男性客から缶コーヒーを一本頂いた。偶然は重なり、奇妙な事象も重なる。

英良は仕事帰りに近くのコンビニでチキンナゲットとフライドポテトと百円の缶ビールを二本買って帰途についたが、何かがおかしいと感じた。アパートの入り口まであと少しの所まで来た時に両足が何かに引っ掛かり動けなくなった。まるで傘の柄の部分のフックで捉えられたように。

「何だ！」次の瞬間、左の肩が急に重たくなった。重たい何かの力が加わった感じがした。

「な、何だ……」耳鳴りがした。金属音のような音が後頭部の辺りから響いてくる。

「小さき光を持つものよ……何が望みだ……答えよ」低く地の底から聞こえるような声が響いた。

「誰だ！」

「ふふ……」変な声だった。重苦しく、いつかどこかで感じた感覚に襲われた。「悪戯か……それとも亡者……」そう思った瞬間、少し離れた所に奇妙な灯火が現れた。英良は懐中電灯の光かと最初は思ったが、違った。

「あれは？」その光は、だんだん英良の近くまで来た。丸かと思ったそれは数字の6。6が三つ。666が赤く灯っていた。

「……血が必要だ……聖なる女の血が……」

「なんだ、あれは？」英良は目を凝らして見ていたが、すぐに分かった。

髑髏《どくろ》だ。それもだんだん英良に近づいてきた。

その髑髏の細かい部分も見えてきた。人が数人集まって形作った人絵だった。人が集まって髑髏を形成していた。

「お前に闇の蟲《むし》を送ってやろう……闇の蟲……千五百をお前に……」英良は両足の足首を触ったが、何もなかった。その時「うわっ」とバランスを失って転んだ。英良はアパートの自室に帰った。「気味が悪いな……」ぼそぼそ呟いた。英良は遅い夕食を取り缶ビールを一本飲み何も考えずに就寝した。


翌日、英良は毘沙門天へ昨日の出来事の一部始終を話して聞かせると、

「左様で御座いましたか英良様。実はこちらも多くの小仏を失ったところに御座います」

毘沙門天は既に異変に気が付いていたようだ。

「小仏が……？」

「御意」

「闇の蟲と対峙したためか……？」

「英良様、昨日は地平線の彼方から凄まじい地響きが聞こえ、暫くの刻の後砂煙《すなけむり》が立ちこ

め、辺り一面何も見えなくなったので御座います。それが昨日の悪意の仕業《しわざ》か分かりませぬ。しかしながら、かなりの脅威に御座いました」

英良は黙っている。

「英良様。我は引き続き英良様の身辺をお守り致します」

英良は軽く頷く。

天気の悪い日が続く。小雨が降り風もやや強い天気が一週間ほど続いた。こういう日は少しではあるが客足が増えてくる。英良は郊外へのお客さんが最後の仕事だったため帰宅が午後九時を過ぎていた。熱いシャワーを浴び冷蔵庫から冷えたビールを出し半分ほど飲んだ後、急激な睡魔に襲われそのままソファーに横になった。

「うう……」絞り出すような声……悶絶しそうな苦しそうな声が聞こえる。

「退魔の光……」

「鏑木だ」英良はすぐに分かった。

「どこからこれを……」苦悶する声が聞こえる。

「なにか用か？」

「あの方が蘇るのももう間近……」

「なんだって？」

「待っていなさい……」

「何が？」

「光の子の血がなくなる日を……」女は言う。英良は髑髏を思い出した。

「血が必要だ……聖なる女の血」

「それが？」

「数百年に一度、あの方が蘇り世界を闇で覆う日。あなた方は滅することになる……」

「……それが？」

「ふふ……」

「あの方って一体誰のことだ？」

「死嶽魔神《しごくまじん》……」

「何のことだ……？」

「ふふ……」女は笑う。

英良はその後、深い眠りについた。「英良様……」毘沙門天の声が聞こえてきた。

「英良様……我は強い闇の痕跡を感じ、追っておりましたが……鏑木はもはや人間では御座いませぬ……数太刀鏑木と交えかなり手強きものと思った矢先、我の核を鏑木の刃が貫きました。我の身体はかなりの損傷を受け仏界から小仏が我を迎えに来ております……」

そうだったか、英良は答える。

「英良様……他の二天王の時国天と増長天は闇の深き手に罹《かか》りまして、もはや改心することは不可能かと……英良様。我の言葉を捉えて下され」

「毘沙門天殿……大丈夫か」

「御意、英良様。先刻、我は鏑木を追いつめましたが逃げられました。その時、我は鏑木の顔を見たので御座います。その顔は、もはや人間の形相では御座いませんでした」

人間ではない、と英良は繰り返す。

「鏑木は悪魔と契約を交わし、完全に人間の魂を捨て去ったようで御座います……英良様、我は鏑木に止めを刺そうとしたので御座いますが、歪を作り地獄の淵へと逃げ去りました。その時の鏑木の形相は凄まじいもの……この世のものとは思えないほどの顔に御座いました。英良様……我はこれから仏界へ戻り回復した後、鏑木を捕らえ、闇を絶つ所存。暫く言葉が途絶えますが、変化がありましたら、声掛け致す。その時の我からの言葉は逃さず捉えて下され」

分かった、と英良は答える。

「御意、有難き御言葉に御座います」

犬の天使

木曜日の朝、この日は可燃ごみの日だった。英良はごみ袋を抱え、ごみステーションに行き、ぎっしり詰まった収納箱へ無理やり詰め込んだ。アパートに戻り郵便受けを見ると回覧板が差し込んであったのでサインをした。サインをしていない部屋を見ると例の四十代の女性だけだった。名前は掛川……初めて英良は名前を知った……。英良は二階の彼女の部屋へそれとはなく届けに行った。階段はきれいに掃除され、箒ではいたようなあとが分かる。ドアもきれいに雑巾がけされていてきれいな印象だ。ドアの呼び鈴を押すとすぐに開き掛川さんは出てきた。彼女は紺のブラウスに白いタイトスカートを穿き化粧はしていなかった。ドアを開けると屈託のない笑顔と女性特有の匂いを胸元から感じる。今まで座っていたのか白いタイトスカートにはしわがあり、下腹部と股間には性的な盛り上がりがあった。英良の視線を感じた彼女はうっすら苦笑を浮かべ、「中へ入る？」と言ったがその言葉が英良の脳内に直接入ってきた。「いいです」と英良は答え、回覧板を渡した。その後はどうやって自室へも戻ってきたのか全く記憶がなかった。


ぼんやり近くの公園を通り過ぎようとした時だ。いつか会った、あの獣医に会った。

「あら……」

彼女は目を英良に向け、その表情は久しぶりに会ったという印象を受けた……否、探していたものを見つけたとでも言うべきなのか。一瞬だが、英良には彼女が、少し驚いた表情になったように感じた。

「こんにちは」彼女の方から声が掛かってきた。「お久しぶりですね？　お休みですか？」と尋ねた。

「はい……」英良は返事をした。

彼女の足下には、あのマカロニがいた。マカロニは英良の足に鼻をつけてきた。

「ごめんなさい」彼女は謝ったが、英良は気にしなかった。彼女とはとりとめのない話をしながら歩きマカロニも一緒についてくる。

「仕事は順調ですか？」英良は差しさわりのないことを聞く。

「ええ、私もはサーカスに出る動物達も、全て変わりはないです」と言う。「でも、ただ一頭だけ心配な動物がいるんです」と話す。

「どの動物ですか？」

「それは馬なんです。ここ数日元気がなくて……私は獣医でありながら、動物の不調を見抜けないことがもどかしくて……」

「そんなことはないですから」と、英良は言うが彼女の表情は最後まで晴れなかった。

彼女とは三十分ほど一緒に歩き話をしながら英良はマカロニの顔を見た。

「英良さん……」誰かが英良を呼んだ。突然、英良は電子音のような声を聞いた。何かの聞き違いか思わず周囲を見渡した。

「ぼくだよ、マカロニだよ」

「マカロニ……？」

「そうだよ。英良さん。驚いたかい？　何故犬のぼくが話せるのかって思っているのかい？」

「当然驚くに決まっているよ」と英良は答え、マカロニの顔を見たがマカロニは普段通りの顔でさつきの後を尻尾を左右に振りながらついてくる。

「ぼくはね、英良さんと静電気を使って話しているんだよ」マカロニは表情を変えずに言う。

「静電気？」

「そうだよ。それでさつきちゃんには英良さんやぼくの言葉が聞こえないんだよ」

そうなんだね、と英良は声を出してしまった。

「えっ？　なんですか？」さつきはびっくりしたように答えた。

「いいえ、独り言です。すいません」と英良は取って付けたような言い訳をした。

さつきはそんな英良のことを柔らかい表情で微笑んで見ていた。

「マカロニは、獣医さんが連れているこのトイプードルのことだろう？」

「そうだよ」

「さつきちゃんとは話せないのかい？」

「うん。駄目なんだ」

「どうして？」英良は理由を聞くと「ぼくとさつきちゃんは過去に一緒だったからね……」とマカロニは応えた。

「どういうこと？」英良は尋ねる。

「ぼくはね、昔さつきちゃんが飼っていた犬だったんだ。だけどね事故で死んじゃったんだ。今はその昔のぼくの魂が今のトイプードルに乗り移ってマカロニとなって、さつきちゃんの傍に来たんだよ。可愛がってくれたさつきちゃんに恩返しするためにね。英良さんとも繋がりがあるよ。それはまた後に話すね」

「そうだったのかい？」

「それでね、お願いがあるんだ」マカロニは言う。

「何かな？」英良は言う。

「ぼくが、さつきちゃんの傍にいることは内緒にしてほしいんだ」

「なんで？」

「それはね。さつきちゃんが本当のことを知ってしまうと、ぼくは人間界にいられなくなってしまうんだ」

「分かったよ。言わないよ」英良は言い「マカロニは前に会った時に、ぼくの顔をずっと見ていたね？　何を見ていたんだい？」と聞いた。

「天使だよ」とマカロニは言う。「ぼくはね、英良さんの元に二匹の天使を送り込んでいたけど、もう戻したんだ。だけど一匹の天使が行方不明なんだ」

「天使が二人いたのかい？」

「うん。あっ。そうそう。それとね、昨日の夜のことだけどね。英良さんの家の玄関に中国の兵馬俑のような軍隊が並んでいたよ」

「兵馬俑……？」

「うん。だけどね、家の中に入らないように防いでおいたよ」

「ありがとうマカロニ」

「うん。何か起きたら、また教えてあげる。それと、今さつきちゃんが診ている馬のことだけどね。左のお腹が悪いみたいなんだ。それをさつきちゃんに教えてあげて」

「分かったよマカロニ。さつきちゃんに伝えておくよ」

「ありがとう。それとねぼくは時々、英良さんの夢の中にも出ているんだよ。知っていたかい？」

「そうだったのかい。知らなかったな」

「いいよ。いいよ。気が付いてくれたら嬉しいけどね。またね」

「またね」

「うん。じゃあ」

「どうかしましたか？」さつきは英良に尋ねる。

「いいえ、何でもありません」と言い、さつきとはとりとめのない話をして別れた。

英良は次の日の朝の同じ時刻に公園に行き、辺りを見回した。すると、さつきがいつもの道からこちらへ歩いてくるのが視界に入ってきた。彼女は英良を見ると、自然な笑みを浮かべた。

「おはよう御座います」

屈託のない笑顔で彼女は挨拶した。彼女はマカロニではない違う小型のコンパニオン犬を抱いていた。「マカロニじゃないな……」英良はマカロニのことは聞かないことにした。

「サーカスの動物達は元気ですか？」英良は聞いた。

「ええ……」彼女の表情が曇る。

「どうかしたんですか？」

「雌のシェトランドポニーがいるのですけど。その子の調子がどうも悪くて困っているんです」

英良は理由を尋ねた。

「一週間前から芸を教えても動きが悪く餌を与えても食べないんです」

「左の腹を見てあげたらいかがですか」英良はマカロニが言ったことをさつきに教え、彼女は帰ったら診てみると言ったが、彼女の表情は冴えなかった。


二日後にいつもの時間にさつきと会った。顔を見るといつもの笑顔でハスキー犬を連れて散歩していた。

「おはよう御座います」彼女の方から声を掛けてきた。

「ああ、どうも。昨日は来なかったから心配していましたよ」

「そうでしたか？　昨日は、あの子……シェトランドポニーの診察をしていたものですから……」

「それでどうでしたか？」

「消化不良でした。胃の粘膜がただれて人間でいう潰瘍の一歩手前でした」

「そうだったのですね」

「ええ、部位が左の腹部だったということで驚きました。どうして分かったのですか？」

英良は黙っていた。

「これで無事にサーカスの興行が行われるから安心しました」とさつきは安堵していた。

末路

英良は帰宅し手と顔を洗い、コップに半分水を入れうがい薬を数滴入れ三回うがいをした。この日はテレビは観ずにラジオをつけ音楽を聴いていたら、睡魔に襲われ眠り込んだ。黄色い光体が目の前に現れた。英良は毘沙門天だとすぐに分かった。

「英良様」毘沙門天は英良に声掛けした。

「毘沙門天殿か？」

「御意」

「どうした？」

「英良様。我は先刻、鏑木と数十の太刀を交えた末捕らえたので御座います。今介抱しておりますので、暫くお待ち下され」

あの鏑木にとうとう終焉が来たか。何ともあっけない顛末となったな……。英良は鏑木のことを恨んではいなかった。その訳は説明がつかない何か他のものだった。

子供の頃にいじめにあった経験は幾度となくあったが、相手を憎み嫌ったことはなかった。嫌いな人間はいたが、その人間の不幸を喜んだり、その人間の失敗を嘲ったりはしなかった。それが影響しているのかもしれない。

英良は毘沙門天にマカロニから聞いた「兵馬俑」のことを最初に話した。

「兵馬俑に御座いますか英良様？」

「そうなんだ毘沙門天殿。気が付かなかったか？」

「英良様の周囲には不穏な闇が蔓延しております故、いつ如何なるものが来ても不思議では御座いませぬ」

「見えたのか？」

「否。見えませぬ。ただ英良様の前に太い腕のようなものが現れ闇を払ったことは分かりました」

「それが犬の天使だとは分からなかったか？」

「新たな光の者が現れたかと……それ以外は分かりませぬ」

毘沙門天は天使が新手の光ある者であることを感じていた。毘沙門天には、天使が太い腕のように見えたようだ。

「英良様。それはともかく鏑木の容態で御座いますが……」

「だめか……?」

「万難を排し手を尽くしましたが……しかし、英良様宛てに鏑木が残した遺書があります」

「遺書?」

「御意、英良様。これが鏑木が英良様へ遺した全文で御座います」と毘沙門天は言い、英良に見せた。

「峠原、私は今日を以て人生を終幕させます。私が纏った闇、というよりは闇に纏われた私自身。これまでの私の行ったこと。それらの私の悪事は地獄で償うことになるでしょう。

今までの記憶が脳裏を駆け巡ります。何故、貴方を狙ったか……思い出しました。貴方に会うまでの二年間、その二年間にわたり宗教団体から私が受けた洗脳の日々を。私は貴方への刺客として訓練され送り込まれたのです。一年半ほど前、ここ日本で貴方のことは探すことなくすぐに分かりました。何故かというと、貴方は特別な光を持っていたから。私が貴方の光を捉えた時のことを今でもはっきりと覚えています。

今思えば、それは嫉妬だったのでしょう。当時の私と貴方とは正反対の光と闇。異質な力というか、全く本質が違っていました。

届かない光。打ち破ろうとしても適わない力。僅かな光や闇を持った者なら貴方に近づくでしょう。光ある者は互いに惹かれ、闇を纏う者は貴方の光を蝕むために。富や財産、地位や名誉。その他の物欲。世界は豊かになり自然が破壊され、それでも繁栄を求め続けた人類。闇がこの星を囲み、自滅へと自らを追い込んだ闇。ほとんどの人間はその闇を纏っていると言っても過言ではないでしょう。

貴方の過去を紐解きましょう。貴方は冷淡であり、鋭い光を持っていた。貴方の周りは冷たい……何者も近づけない力を放っていた。それでいながら、皆は貴方に惹かれていった。闇までも貴方を取り込もうと近づいていった。そう、冷たい冷気と燃えさかる地獄の炎で形作られた世界……冷たい氷の国で貴方は主として君臨していた。深い記憶の底から思い出しなさい。神々の世界が大きな闇に直面した時……それらが悪意となり神々と対峙した時、貴方は世界に終焉が迫っているのに、危機が迫っているのに世界の終わりという運命、その未来を変えることに手を貸さなかった。

貴方の人を嫌う気持ち。何者をも遠ざける意志。貴方は未来を変えませんでしたね？何が貴方をしてそうさせたのでしょうか……。

それゆえ世界が終わりを迎えたことを貴方はもう忘れてしまっているでしょう？　それはもう過去の話……貴方の持てる力は何度も再生を繰り返し、今は混沌とした現世に現れた。貴方の亡骸に力を吹き込んで、生まれ出た者。その者も貴方の光を辿ってこの世界に降り立った。もう分かりますね峠原？

私は正に血滅師の末裔、そして貴方の光の血を狙うのも事実、そこにつけこみ宗教団体は私に闇の力を二年間にわたり注ぎ込んだのです。死獄魔神はその宗教団体が操っているでしょう。目的は光の血を持つ者全ての抹殺、光を持つ者、その光であらゆる者を救う者全ての抹殺。貴方はその一人。しかし貴方は私を許してくれました。貴方の命を狙ったことを寛容な気持で許してくれましたね。貴方は怒りや怨み、その他の負の感情を全て払拭してくれました。その光。貴方は優しく私を包み込んでくれました。何故そこまでできるのかと不思議に思えるほど。貴方は光の戦士。光の者を従える人。貴方にこの末世の闇を払う可能性を見出しました。

混沌とした現世。人の欲望が渦巻く今。貴方の力でこの世に来るであろう危機を救いなさい。貴方には世界の悪い将来を変える力があります。光持つ者を集めなさい。貴方一人の力では手に負えないことは皆の結束で乗り越えなさい。もう時間はありません。貴方の宿命を捉えるのです。過去の過ちを繰り返してはいけません。貴方一人の力ではないことを自覚しなさい。貴方の持てる言葉の力。救う力。それを感じ取るのですよ。いいですか峠原。私はもうじき命の終焉を迎えます。これが私が貴方へ伝える最後の言葉となるでしょう。峠原、私は最後の最後で光を取り戻しました……毘沙門天のおかげで。闇を食い止めなさい。でなければ数年以内に世界は終わりを迎えるでしょう。死世界でいずれ会いましょう。峠原……」

光神

六月の旭川の日は長く、午後八時を回っても北の空は明るかった。英良はそろそろ仕事を切り上げて帰ろうと郊外を走っていた時一人の女性客が手を挙げたため乗せ、この仕事を最後にしようとした。どこまで行くのか尋ねたところ旭川駅までと言ったので車を走らせた。英良はただ用件を聞き、そのまま遂行するといった単なる事務的機械的な作業を心掛けその時もいつも通りの仕事に終始した。客との会話は短い。その女性客は背は一六五センチくらいでスタイルは良く、髪はショートカットで化粧は薄く淡いピンクの口紅をつけ白いシンプルなストレートのチェスターコートを着ていた。目は大きく鼻は高くはないが端正であり顔全体のバランスが取れ美人なほうだ。英良は直感的にデリヘル嬢だと思いバックミラーをちらっと見たがその客は左に寄りバックミラーの死角に入り英良からは見えなくなった。客は美人な割に表情は硬く、呼ばれて会った客がよほど生理的に嫌な客だったに違いなく、般若の面のようにしかめ面だった。英良は事務的な作業だけといっても月並みな会話は怠らず、今日は天気が良いだの旭川のラーメン店はどこがお勧めだとかそれなりの興味を引く会話をした。客の反応を見て英良は自分には言葉を投げかける才能があるものだと自画自賛していた。目的地に到着し、料金の八千六百円を受け取り礼を言うと英良は客を振り返ることなく車を走らせた。英良は小さい頃から感覚が敏感であり、特に味覚と嗅覚は人よりも優れていたことは分かっていたが、この時の車内の女性客の残り香はアルページュという香水であることも既に見通していた。

午後十時、英良は寝る前に歯を磨き布団に入った時、覚醒と眠りの狭間で再びあの不思議な感覚に襲われた。脳の前部が痺れて目が開かない。部屋の中に何かがいるような感じに変わりはなく、また経を唱えた……南無妙法蓮華経。英良の身体はジェットコースターに乗っているように猛スピードで下へ引っ張られていき、暫くして今度は上がっていった。英良は意識が遠のきどのくらい時間が経っただろうか、真っ暗な闇の中にポツンと一人で立っていた。何も見えない何も聞こえない暗闇だ。突然右側から音が聞こえた。「コト……コト……」ボールが転がる音か？　何かが英良に近づいてくる音か？　英良は周りを見渡したが何の気配も感じない。音が聞こえたからにはそこには何かの事象が存在する。自分は世界の一部であり、英良はこの世界の中たった一人では存在しえない。英良は五感を研ぎ澄ませ周りの空気に集中した。その後、何かの声が英良に聞こえた。

その声の主は不思議な声で英良に語りかけるが、機械音のような聞き取りにくい音声だった。今までの英良の経験からも聞いたことがなく、後になって思い出そうとしてもできない不思議な声だった。英良は声のする方を見た時、暗闇を破る細長い光の筋に気が付いた。その光の筋は最初は一本だったが、二本三本と増えていき、最後は数十本の扇形状へ広がり中心部から新たな発光体が現れてきた。英良はその発光体を直視できず右手で両目を遮りなんとか形を捉えようとした。光の正体は巨大なクジャクのようであり、巨大な鶴のようでもあった。しかし何か分からない。

「シャローム。エリーナ・モーセだ。汝この娘に子供を授けよ。その子供が滅びゆく地球を救うだろう」その声の主は言う。聞き取りにくい、説明できない声だった。そのため英良は集中して聞いた。

「シャローム。エリーナ・モーセだ。たった一度の性交で汝の子がこの娘に宿るだろう。しかし強い力を嗅ぎつけてこの娘の周りに死神が付き纏っている。私が今から言うことを行えるか？　今からこの娘は一時的に眠らせる。汝の力が必要だ」

英良は分からなかった。この娘など一体誰のことか？　突然言われても分からない。

「汝に詠唱方法を伝える。今から伝えるワードをこの娘へ送るのだ。バビロン。セラペイア。ケリ。アラム。この四つのワードで死神が遠ざかる。汝のこの娘に対する気持を込めて送るのだ」

英良は食らいつくようにただ聞いていた。

「死神は汝とこの娘の間にできる子供を恐れ阻止しようとしている。汝には伝えよう。2010年、地球に異変が起きる。生まれた子供が私に必要になる。時間がない。死神を振り払わなければこの娘を外に出すのは危険だ。今まさに死神がこの娘に向かっている。私の詠唱を唱えこの娘を守るのだ……シャローム。良いか？　汝の想いをこの娘に強く伝えろ。愛を伝えるのだ。包み隠さずに。さすれば死神からこの娘を守るだろう。死神は機会を伺い今にもこの娘に近づこうとしている。死神に向け汝の強い意志を放て。この娘に愛を伝えたように。汝の潜在する力も絶大なものだ。さすれば死神は汝に気付き二度とこの娘に近づくことはないだろう。さあ、放て」

英良は言われたように行った。

「神官としてこの数千年稀に見る強大な力。この娘を幾多の困難から守ってくれるか？汝と娘の子供が欲しい。今から精神力増強の瞑想をさせる。汝の意志に揺らぎはないな？」

ない、と英良は言う。

「宜しい。今この娘は瞑想させ深い眠りについている。良いか。この娘を神の化身とし、汝は神を守る神官として生きるのだ。地球の命運はこの娘と汝の子供に託される。ではこの娘に安らぎの言葉を掛けるのだ。想いを込め唱えよ。〝エローアハ〟と」

エローアハ、と英良は言った。

「私の想像通り汝とこの娘を巡り合わせたのは間違いないようだ。神の域に達する力を持つ人類の代表者には望むものを与えるつもりだ。何が欲しい。今汝に何が足りない。答えてみよ」

英良は少しのお金があれば十分だと思った。

「願いは受けとった。まずはこの娘に子供を授けよ。たった一度の性交で汝の子がこの娘に宿る。一つ、子供は私がイスラエルに連れて行く。良いか。子供は神の国イスラエルで全知全能の新たなる礎として洗礼を受ける。地球を救う救世主だ。もしここにいるような次々と襲いかかる悪魔の仕業に耐え切れないだろう。光の子よ、それとも汝が守ると言うのか？」

英良は黙っているしかなかった。

「死神がこの娘の命を狙っている限り外に出させるのはとても危険だ。私の力と汝のこの娘に対する想いで今は結界を張っているがそう長くは続かないだろう。汝に問う。ジェシカ、という人間が分かるか？　人間の世界では占い師という姿でいるが、ジェシカは結界の力を高める術を知っている。彼女は死神の最大の敵である滅却師でもある。この娘との子供を一日でも早く授かるためにジェシカを訪ねよ」

英良は目が覚めた。時計を見ると午前一時。頭がさえて眠れそうになかったのでウイスキーを出しハイボールを作った。氷を入れるとカチカチと音を立てる。十五分もすると飲んでしまった。もう一杯飲もうとしたが止めておいた。いつも通り脈絡のない夢だと思った。夢とはいつもこんなふうだ。

死神。英良は死神をイメージした。黒装束を着てフードをかぶり大鎌を持ったやつだ。英良の印象では死神は悪いものではなく、人が死に瀕した時にその魂を回収しに来る神のことと勝手に解釈していた。日本の年間死亡者数は百十万人くらいだ。死神はその都度死んだ人の魂を集めに来るのか。そう考えると死神は何人もいることになる。ご苦労なことだと、英良は思った。しかし、ここでいう死神はむしろ闇を纏った悪魔のことだろう。ゲーテの『ファウスト』に出てくる悪戯をはたらく小悪魔ではなく、上位の悪魔。改心を施したところで直るはずのない大闇。善の対極に属する悪の象徴……それを仮に死神と総称している。しかしながら、英良は自分のことを善の象徴と言えるのか自問自答した。子供の頃同級生をいじめたことはある。ゴミの収集時間を守らなかったことはある。仕事の締め切り日が遅れたことはある。自分は完璧ではない。そんな自分が善の象徴と言えるものか？　自問自答した。

翌日の夜。夢の中で不思議な感覚に襲われた。ジェシカの声だ。
「英良、神のお導きでまたお会いできましたね。優里の力が強く死神が狙っていることは知っていました。エリーナ様の力が入ってからの話です。私は〝滅却師〟の末裔でもありその力があります。滅却師とは対死神のために存在し古代より続く歴史のある血筋を持った人間です。死神を葬る呪術を数多く知っていますが英良に教えても力を最大限発揮することができない。ただし、私と共に協力し、思念を使い死神を滅殺できるでしょう。私と共に協力できますか？　手順はこうです。私が今から死神を抑える呪術を唱えます。この言葉達を順番に私へと放ちなさい。アムゼガル。ザルチム。オルシド。間違えてはいけないのは方角です。目を瞑り白い光を感じる方角に向け念じなさい。英良、神官の力を信じるのです。いいですね。言葉に優里への気持ちを込めるのです。では私から呪術を唱えます」

また同じ女性の名前だ。何かあるのか？　英良は軽く疑念を感じた。

「どうやら上手くいったようですね。物凄い光の力を感じます。英良、やはり貴方は神官の力を持っている。デュールバインは消え去りました。良いですか英良。優里が死神の影を感じたらすぐに私に言うのです。次の死神が来る可能性は十分にあります。では、エリーナ様の力で眠っている優里を起こしてあげなさい」

英良は今まで教えられた言葉を唱えた。その後いつも通り午前五時頃に目が覚めた。英良は毎日午前八時に出勤している。毎日の習慣で毎朝、同じ時間に目が覚める。英良は身体の異変に気が付いた。この日は腕と胸が痛み、まるでウエイトトレーニングを行った後のような感覚に襲われた。全く理由が分からない。とにかく英良は顔を洗い歯を磨き、お気に入りのオックスフォードシャツを着て上着はメンズジャケットにストレッチスラックスといったラフな服装で出勤した。午前中の仕事といえば、女子大生二人を学校近くで乗せ近くのショッピングモールまで送り届け、昼食はチーズバーガーとブラックのコーヒーで済ませた。午後は大学病院から高齢者の女性客を自宅まで送った。いつも通りの日常だった。午後の六時に帰宅し一時間ほど風呂に入り、買ってきたフライドチキンと野菜サラダ、冷蔵庫から冷えた缶ビールを取り出しテレビをつけた。それも耳が寂しいためただつけているというふうに。就寝時間は決まっている。午後十時か十一時には必ず寝ることにしていた。この日も午後十時に就寝した。床につき英良は考えた。あの老人が言う闇は悪なのか……光は善なのかを。老人は世の中に絶対的なものはなく物の見方や考え方によっては、光は闇に落ち闇が光に代わるかもしれないと論じた。例えば世界の核保有国は数千発も核を持っている。それを使うと第三次大戦となり数億人が死ぬことになるが、核という強大な力を持つことで闇を抑えることが可能となることもたしかである。この力とは一体光なのか？　あるいは闇なのか？　はっきり言って、その答えは英良には分からなかった。

英良は目の前に体育館のような建物があるのを感じた。いつも感じる木造の大きな建物だ。英良の意志は勝手にその中へ入っていく。中は真っ暗で何も見えない。建物の中に少しの風を頬に感じた。英良は何かを感じ前を見た時に前方から床に一本の光の筋が現れた。それは誰かが扉を開けたかのような光だ。それはやがて大きな光の塊となって英良に語った。

「次の死神がすぐにやって来る。……ジェシカに対処方法を聞くのだ……急がないと娘の命が危ない……ジェシカを訪ねるのだ極東の光の子よ。大いなる危険が迫っている。ジェシカに伝えよ。シュトレックフスがこの娘のすぐ傍にいる。これ以上は娘の命に関わる。急ぐのだ神官よ」聞き取りにくい音声に変わりはなかった。集中して聞いていないと聞き逃すところだ。

英良はぼんやり佇んでいる。すると何処からかジェシカのシルエットが見えてきた。

「ちょうどよかった。私は今、優里に向って光の結界を張っていたところです。貴方も一緒に優里に向かってこう唱えるのです……〝クルアーン〟と。神の言葉です。間違えてはいけないのは方角ですよ。目を瞑り白い光を感じる方角に唱えなさい。私は今から死神に向けて力を放ちます。時間として数分かかります。その時間内にさっきの言葉をできる限り多く唱えなさい。すぐ始めましょう」

英良は頷く。

「英良よ、完璧にシュトレックフスの力が消え去りました。もう大丈夫です。私も力を使い果たしました。片目が見えません。いいですか？　今から優里を起こし気持ちを鎮めてあげて下さい。彼女の気持ちが高ぶると死神が臭いを嗅ぎつけてきます。結界の力を失わせないようにして下さい。いいですね英良。何かあればまた私に言いなさい。私は瞑想に入り力を蓄えます。優里の悲しみによって北の大地の鮮やかな朝から日本を覆う大きな暗闇が迫っているので忠告します。目を瞑ると鉄の弾丸飛来をきっかけに日出ずる国に悲しみと怒りの雷雨が降り注ぐでしょう。優里の悲しみは英良の運気を落とすどころか世界の極東方面を暗黒時代へと導いてしまいます。いいですね英良。優里を悲しませてはいけません。それは貴方しかできないことなのです。信じるか信じないかは英良、貴方次第です」ジェシカは言う。目が覚めたら午前五時三十分だった。この時は左のひじに痺れを感じた。寝ている時にいつも不思議なことが起こる。

その後の一週間は何もなくいつも通りの生活が続いた。英良には最近ホステスなどの飲食店に勤務している女性客が多くついた。女性客はいつも無口で店から自宅まで近いため売り上げは少ないほうだ。英良は売り上げが少なくても職場で人間関係が煩わしいことのほうが嫌だった。特に上司などから口うるさく言われるのを嫌った。その分タクシーは自分のペースで自分の空間があるから働きやすい。そんな時間と空間の流れの中に自分を置いていることに不満は感じなかった。英良は幸せという言葉が嫌いだったが、あえてその嫌いな言葉を使うのならまさにこの生活に幸福感を持っていた。その日もいつも通り就寝した。このような日々が続いた。

英良がいつも通り就寝した日の夜。時計は十時十分を指していた。英良の身体には特別な変化はなかったが、この日は天井から三十センチほどの発光体が何の前兆もなく入ってきた。英良はすぐにエリーナだということが分かった。

「神官よ。ジェシカとの死神淘汰を怠ったせいで危険が迫っている。ジェシカとコンタクトを取るのだ。時間がない」

英良はエリーナからの言葉を受け驚き何をしたら良いのか分からなくなる。とにかくジェシカを頼る以外に策はなさそうだ……ジェシカは聞いてくれるか、英良は懐疑的になったが、今は疑念を取り除きジェシカを頼ろうと決めた。ジェシカとのコンタクトには時間はかからなかった。

「英良、神官としての力が高まっていますね。光の波動を感じます……その後、優里の様子はどうですか? 私も変わらず彼女に力を送り続けています。今彼女の近くに忍び寄っている死神は非常に大きいタイプです……ランクは上位になります。気を付けないと私まで死の可能性があります。名前はBleckezahn（ブレッケツァーン）。お互いに全力を尽くしましょう。

今から結界をまず張ります……私に向かってスリナムラハと十回、一分おきに、光の力を込めて放つのです。前回よりも力を。世界を感じ光を集めるのです。すぐに始めましょう。次にこの言葉を優里に送るのです。目を瞑り白い光を感じる方角です。『サルーヌ　ムルハ』貴方の神官の力を感じるのです。優里を守る力になることでしょう。私が死神を滅殺する呪術を放ちます。私の呪術が優里に及ばないようにするためです。完全に滅殺するまで唱え続けなさい。遙か昔にこのブレッケツァーンと戦った時は十分程度で滅殺できました。さあ始めましょう。英良」

英良は頷く。

「ブレッケツァーンは消え去りました。最後に怨念の塊を優里に吐き出していましたが貴方の力で全て防げました。貴方の神官としての力が強いので優里を守れたのです。次にもし死神が来るようなら間違いなく最上位の死神でしょう。私の力では滅殺できないかもしれません。貴方に私の力を増幅させる呪術を教えたいのですが……準備ができたら言いなさい。力を合わせ優里を守りましょう。さぁ優里を起こしなさい。エリーナ様は貴方を神官の器がある現人類唯一の人間と仰っていました。神官は神を守る光の力を持つ選ばれし人間です。秘めたる力を感じるのです神官、峠原英良よ」

もうできない、と英良は答える。

「貴方の精神信号に疲れと小さな迷いを感じたところです。分かりました。休むのです。準備ができたらいつでも声を掛けなさい。分かりました。私は上級死神に対しての呪術を習得するために修行部屋へと篭もります。貴方のできること、それはまず優里を守るために詠唱すること。それと私の呪術の力を増幅させることです。今から上級死神が来た際に私に力を送る方法を教えます。神官として最高位レベルの詠唱です。いいですか？　天に手をかざし、その後に〝ムスラム〟と私に送り続けなさい。私は精神を集中させます。では始めましょう。神官としての力を信じるのです」

十分な睡眠をとり英良は目覚めた。少し疲労感があったが熱いシャワーを浴び、玄関のドアを開け郵便受けに行った。……掛川さんの郵便受けに名前がなく、札が空白だった。英良は掛川さんの玄関のドアを見た。何も変わらない。郵便物の差し込み口を手で開け中を覗き込んだ。ひっそり感のある空気を感じる。引っ越したのだ。突然いなくなったような気がした。日常にいつもいる人が突然いなくなったり、いつも置いてあるものがなくなったりすると自分が持つ世界感が大きく変わったような気がする。掛川さんに時々会い言葉を交わす。彼女も笑顔を英良に返す。そんなとりとめのない当たり前のしぐさが突然、日常生活からなくなる。英良は大きなものをなくしたような虚無感にかられた。もう会えないのかと思うと一抹の寂寥感にも襲われ心の柱が一本なくなった気がした。英良はテレビをつけニュースを観ながらコーヒーをいれてトーストを作った。掛川さんの顔が脳裏をよぎった……。テレビでは北朝鮮が日本海へ向かってミサイルを発射したニュースが流れていた。

英良は車を走らせながら繁華街の往来に目を向ける。もしかしたら掛川さんがいるのではないかと淡い期待を持った。彼女に似た後姿を見かけると速度を落としバックミラーで確認するほどだった。しかし都合の良い偶然なんかあるはずもない。英良は彼女にこだわりすぎていた。何故だか説明がつかない感情が二週間も英良を支配した。英良はコンビニで缶ビールを二本とウイスキーの小瓶、鳥のから揚げ、ふきの惣菜を買って帰宅した。就寝は午後十一時十一分だった。

英良は深く眠りの底に入っていく。全てが閉ざされた限りなく広い空間へ。どこまでも吸い込まれそうなほど広い空間だ。微かに風を感じる。

「神官、峠原英良。優里の様子はどうですか？　北の大地から日出ずる国を破滅させる信号は途絶えていません……鉄の弾丸飛来が現実のものとなってしまいましたが大惨事にならないよう深い瞑想に入っていました。優里の悲しみは鮮やかな朝の大将軍に力を与えることでしょう……神官、英良、優里に光の力を与えるのです」ジェシカは言った。

英良は頷く。

「それと英良、貴方の光を捉えていますが、僅かながら力に衰えを感じます」ジェシカは言う。「何か心に不安や疑念がないでしょうか？」

「例えばどのようなものですか？」英良は聞く。

「貴方の日々の生活で自分の意志が折れるようなことが生じた時に貴方の光の力が小さくなるのです」ジェシカは指摘した。「貴方が持つ力が僅かながら縮小する出来事、例えば感情が大きく揺れること、過度の哀れみや怒り、憎しみなどです。そのようなことを感じた時貴方の身体からは真っ赤なオーラが放たれます」ジェシカは言う。

「そのようなことは起きていませんが」英良は応える。

「そうですか。それならそれで構いません」ジェシカは静かに見つめる。

「これからも崇高なる気持ちで日々の生活を送りなさい。些細なことで怒りや憎しみを感じてはいけません。心の隙間に入ってくる誘惑に惑わされてもいけません。これだけは忘れないで下さい。貴方は光を持つ者。小さき闇に飲まれることのないように心がけなさい。いいですね光の子よ」ジェシカは言う。「分かりましたね？　それと優里とも言葉を交わしなさい。優里の光を感じます。彼女と言葉を交わしなさい」ジェシカが言った後、入れ替わるように黄色い光の筋が左斜めから差し込んできた。最初は一本の細い光が先端の方から広がっていき扇状になり、丸い光となって現れた。

「英良さん……今日は朝早く目覚めて……鉄の槍がたくさん降って多くの人が死んじゃう夢を見たんです。その後エリーナと一緒に日本を守るように力を空へ注ぎました。ジェシカさんも一緒だったような気がします。そしたらお昼のニュースを観てびっくりです……エリーナは言っていました。少し間違えれば戦争になっていただろうって……英良さん」

英良は軽く頷いた。

部屋がすっかり明るくなっていた。時計を見ると午前六時五分。十分睡眠をとったはずの身体には疲労感でいっぱいで頭がぼんやりする。夕方帰宅した時よりも疲れている。不思議な状態だ。

二週間が経ち英良はすっかり平常心を取り戻した。身体が軽い。疲労を感じないくらいに体調を取り戻した印象だ。英良がタクシーを運転し市街地を走っていると、一人の若い女性客を拾った。女性客はトートバッグにコンパニオン犬を入れていた。耳がピンと立ち顔つきがすっきりしているパピヨンだ。その犬はバックミラー越しに英良の顔をずっと見ていた。飼い主の女性は二十代前半の若い女性で終始スマホを見ていた。英良は信号待ちでふと左側を見るとフラワーショップがあったので店先を見ると青いネモフィラの花が目についた。英良は仕事帰りにこの花を買って帰ろうと思った。目的地に着き女性客から料金を受け取り礼を言った後にパピヨンは「またね」と言った。そう聞こえた。たまたま、犬の声が英良にはそう聞こえたのかもしれない。

英良は仕事を切り上げて会社へ戻り事務の女性社員へ一日の売り上げを渡し、簡単な業務連絡を行い彼女の机を見るとネモフィラの花が置いてあった。全くの偶然だった。

その日の夜。突然エリーナが現れた。

「神官よ。ジェシカから呪術を学んだのか？　上級死神がこの娘を狙っている。汝はこの娘を死に向かわせるというのか？　急ぐのだ。上級死神が到着したら娘の命は間違いなくないだろう」エリーナの声は普通に聞こえるようになったが、後になってどういう声か声の抑揚が思い出せない。

英良は神詞《かみごと》を唱えた。

「どうしましたか神官、峠原英良よ？　急に光が送られてきました。準備ができたということですか？」

英良は軽く頷く。

「分かりました。すぐに始めましょう。続けて下さい」

英良は頷いた。

「素晴らしい。ここまでとは思いませんでした神官、峠原英良、では次が大詰めです。私の力を増幅させる際の呪術を教えます。一度試してみましょう。いいですか、神官の力を信じ、優里を想いながら私にこう送りなさい。〝アハド〟私は精神を集中させます。集中力を高め今の言葉を送るのです。さぁ始めましょう」

英良は繰り返し詠唱した。

「大神官、峠原英良。いいですか？　次に死神が優里を襲った場合、私と力を合わせるのです。〝アハド〟この言葉を忘れないで下さい。最後に優里の周りに光のオーラを張る呪術があります。今教えても大丈夫ですか？」

英良は頷く。

「すぐに終わります。優里の方角……目を瞑り白い光を感じる方角です。そちらに向かい手をかざしなさい。そして光を送信するのです。〝アスラ　ハマ〟送り終えたら私に教えなさい。いいですね？」

英良は言われたとおり行った。

「伝わりました。大神官から優里へ光が飛び優里を覆ったのを確認できました。これで全ての準備はできました。来るべき時を待ちましょう。大神官、峠原英良よ。何か質問はありますか？」

英良は疑問を感じていた。エリーナ・モーセはどういう神なのか、率直にジェシカに聞いた。

「そうですね。その辺の説明が必要でしたね。エリーナ様は全知全能の神であり魂です。地球創世、人類個々に魂ができた頃からの最古の神です。長い月日の間、神の力に耐えうる人間に乗り移りながら世界を、地球を守って下さる神です。然し今世界のバランスが崩れようとしています。それを救えるのが優里と英良の子供なのです。私のような神の使いは代々イスラエルのある部族のみが行える立場です。予知能力も授けられた特殊な人間といえるでしょう。峠原英良よ、イスラエルと日本の関係は知っていますか？　イスラエルの失われた十支族はご存じですか？　イスラエルの十二部族のうち行方が知られていない十部族を指しています。私は失われた部族の末裔です。そして最も権威の高い失われた部族の一族が日本にいます。理由は分かりますね？　エリーナ様が仰られた予言。それは私にも見えないのです。ただし優里と英良、二人の子供が世界を救う姿だけは見えていますよ。何か分かればすぐに言います。来るべき時に備えましょう。優里を愛で守るのです。大神官、峠原英良よ。いいですね大神官よ。死神が完全に消えるまで優里を守るのです。私の力で優里の所在を死神に嗅ぎつけられないようにしていますが外は危険です。多くの死神が優里を襲うでしょう……何かあればすぐに私に言いなさい」

英良は頷いた。

英良は久しぶりに公園に来た。ジョギングシューズを履き少し早足で来た。周りを見渡すといつも通りの光景だった。犬の散歩をする人。ジョギングをする人。ベンチで読書をする人など。様々だった。しかし、獣医さんとマカロニの姿が見られない。仕事で忙しいのかもしれないな。英良はそう言い聞かせた。一時間ほどで切り上げ自宅に戻りコーヒーをいれソファーに横になり、うとうとして眠った時に女性の声が聞こえた。優里だった。

「英良さん。私もエリーナにヒーリングの方法を習います。英良さん……英良さんとジェシカさんとの修行は大変でしたか？　私ちょっと心配です。やっぱりエリーナの言うことは本当なのですね。会いたい気持ちだけが涙に変わって勝手に流れてくるんです……英良さん私の気持ちは伝わっていますよね？　英良さん……死神が来たら英良さんが怪我するなんてことないですよね？　それとも死神は私だけを狙っているんですか？　じゃあやっぱり私の命を狙っているんでしょうか……でも英良さんが守ってくれるんですね？　英良さんが守ってくれるって信じています。ジェシカさんにもよろしくお伝え下さい……私はエリーナから聞いているだけなので」優里の興奮した言葉が聞こえる。


暫く沈黙が続いた。

「大神官いけません。死神を完全に滅殺するまでは彼女を興奮状態にさせてはいけませんよ。死神がすぐにやってきます。大勢来られたら私でも防ぎきれません。その事象は二、三日以内に必ず起こります。今すぐ来ても不思議ではない。何かあればすぐに私に言うのです。少しの先の未来は透視します。そして対処します」

あまり自信はない、と英良は言う。

「安心なさい。大神官、貴方は選ばれし人間だと伝えたはずです。大きな心で世界を見なさい。数千万、数億の借金で苦しむ人間もいます。小さな池で溺れる魚は決して大海に出ることはないでしょう。大きな視野で考えるのです。選ばれし人間の運気は必然的に上がるでしょう。自分を信じ、愛を持って前に進むのです。人間は思考の信号を常に放っています。裕福な人間に裕福な人間が集まる。単純な生き物です。芯を捉え真意を見るのです。さすれば大神官の人間としての道も開けるでしょう。安心なさい」ジェシカは英良に助言した。英良には陳腐な響きにしか聞こえなかった。

「それはそうと英良。やはりというべきか、思ったより早く来ましたね。私は感じています。大きな怨念が三つ。上級死神が三体も来ています。古代の聖戦にも名を連ねた非常に強い死神です……Streckebein（シュトレッケバイン）、Kupferbickel（クプファービッケル）、Klapperbein（クラッパーバイン）三体が同時に来るとは想像していませんでした。私が死に伏した時は……後は頼みますよ？　大神官、峠原英良。準備はいいですか？　さすがに上級クラスの死神です。私が禁呪の準備をしようとしたら怨念の塊を吐いてきています。少し時間がかかります。優里に光のオーラをもっと張るのです……とても手強い相手です……力を使いすぎました。可能性は低いですが……今から生命帰還の瞑想に入ります。大神官　峠原英良……クラッパーバインは大死神を連れてくるかもしれません。死神の王です。私の回復を待てますか？」

待てると思う、と英良は答える。

二日後の夜。英良は夢の中で薄暗い学校の中を彷徨っていた。木造の老朽化した建物だった。長い廊下を歩き突き当りの大きな扉を開けると広い場所に出た。どうやら体育館のようだ。ジェシカがいることはすぐに分かった。

「大神官、峠原、私は死の淵から戻ってきました。死の試練を七十八越え命に再び灯火が戻りました。心配をかけましたね。これもエリーナ様、優里、そして何より貴方、大神官の想いのおかげです。まだ目もかすみ聴覚すら機能していません……少し回復の瞑想に入ります。大神官、安心しているのは束の間、すぐに次の死神が来るはずです。私の予知では数日中……早ければ今日にでも黒いオーラが優里に到達するビジョンが見えました。大神官、優里から目を離さないようにするのですよ？」

英良は頷く。

六月の下旬頃には梅雨の影響で北海道にも蝦夷梅雨が訪れる。午前中には晴天だった空が夕方には鉛色の雲に覆われ大きな雨粒がフロントガラスに落ちて来た。それは段々怒り狂った天の声となったかのように滝が地面に叩きつけられたようだ。気象庁からは北海道の旭川市を含む一部の地域に対し記録的短時間大雨情報が発表されていた。英良はショッピングモールの近くでレインコートを着た若い女性客を乗せた。「すみません」と彼女は言う。英良がバックミラーで顔を見た時、以前乗せた二十代前半の女性であることに気が付いた。レインコートの胸元には白いトートバッグを抱えその中にはあのコンパニオン犬がいる。左手には別のバッグを持っていて中にはネモフィラの花がある。全てが偶然の螺旋で繋がっているものだと、特別深く考えずに車を走らせた。街中は冠水している場所が数カ所あったが、目的地の駅前まで送り届け料金を受け取りコンパニオン犬のパピヨンを見た時、彼は「どうも」と言ったようだ。英良は気に留めずに仕事を切り上げ帰宅した。午後十一時半過ぎには自然の神の怒りも収まり、英良は静寂の中へと溶け込むように就寝した。

「先ほどから感じていた嫌な感じはこういう事だったのですか……。先日逃げられたクラッパーバインです。あの死神は死界でも憑依に最も長けた死神。大神官。優里に光の詠唱を！〝アスラハマ　ラーマ〟と唱え続けてあげなさい。私はクラッパーバインを滅殺する呪術を唱えます。さぁすぐに始めましょう。優里を守るため数多く詠唱しなさい。優里が危険な状態です……私も急ぎます。その調子です！　そのまま続けて下さい大神官」

英良は唱える。

「英良さん……英良さんを感じます……助けて英良さん……」優里の声が届く。

「頑張って」英良は励ます。

「はい……でも……まだ苦しい……」

詠唱は続く。

「その調子です大神官。優里に憑依しているクラッパーバインが詠唱を嫌って出てくると思います。そのまま続けなさい。優里が少し苦しむかもしれませんが……彼女を助けるためです。優里への愛を込めて続けるのです」

「詠唱を止めて下さい大神官。クラッパーバインが出てきました。後は私に任せなさい。もう大丈夫です。大神官の詠唱で優里からクラッパーバインが離れすぐに私の呪術で滅殺しました……私も少し力を温存しないと……しかしクラッパーバインが死の間際に私に怨念を伝えてきました。すぐに大死神が来ると……大神官……覚悟はいいですか？」

英良は頷いた。

「英良さん……やっと黒い影が離れました……英良さんがまた助けてくれたんですよね……？　今のは何だったんですか……？　エリーナの声も聞こえなくなっちゃいました」

優里は安堵したように話した。


暫く平穏で晴天の日が続いた。英良は仕事が終わり、テレビを観て何も考えずに過ごした。こういう日が永久に続けば良い。そう思った。その日の夜、その思いはあっさり破られた。就寝後、夢にジェシカとエリーナが現れた。

「英良。聞こえますか？　この前の続きを伝えましょう。いいですか。大死神は死神の王。私は命をかけてでも大死神を滅殺します。私の予知では数日以内……それが明日かもしれません……何か異変があればすぐに言うのです。私も冥想に入ります。何かあれば優里に光の言葉をかけてあげるのです。一日でも早く二人の子供を世界に産み落とすまで……力を合わせましょう。これが運命のように大神官と私の運命も繋がっているのです。

遙か古代から……それはまたいつかお話しします」ジェシカはそう言い消えた。

「エリーナ・モーセだ。世界中に散らばりし闇の脅威……そこ極東の地も既に多くの闇が入り込んでいるだろう。注意を怠るな。失われし部族の子よ、人間の弱き心につけ入る闇。金欲、性欲、物欲、心の隙間を見せてはならぬ。強き意志、崇高なる光の意志を強めるのだ。いつからか人は自然との共存を忘れている。古代から生きる自然の神が嘆いているのだ。光を扱う者になるには自然を感じろ。お前の持つ五感を超え、神経を研ぎ澄ますのだ。闇はこの瞬間にも水面下で動いている。気を抜くな……」言葉は続く。

「闇の動きを感じる。中東そして北。闇の動く先には人間の金と欲が絡み政治、宗教、戦争へと繋がる。犠牲なき光はない。しかし部族の末裔よ……崇高な意志を持て……さすれば光の道を歩むことができるだろう。光と闇。愛と憎しみ。光あるところに闇が迫る。愛あるところに憎しみが蔓延る。欲を捨て未来を見据えよ。おまえの住まう極東の地、闇が増殖し始めた。今何をすべきか。その判断を見誤るな。世界で、闇が大きく動き出した今、光あるおまえに近づく闇。形を変え一般の人間を装うこともあるだろう。心を許すな。力と運気は闇に奪われ、おまえとの接触を闇は望むだろう。おまえにとって大切な者。未来に影響をきたす者を見極めよ」エリーナ・モーセは続ける。

「人間の進む未来。破滅か繁栄か。近き日に全てが分かるだろう。世界中に蔓延する闇。光なくして未来は開けぬ。闇は欲深き人間の心を蝕みさらに闇の侵食を広げる。まるで感染のように……部族の末裔よ。強き意志をもって未来へと望むのだ。今一つの見誤りが未来を大きく変える。おまえに光を。そこ極東の地でも異変が起きている。地球は破滅に向け進む。この星の深部……核が異変しこのままでは崩壊と成すだろう。大地震に人々は飲まれ、文明が崩れ落ち、炎の渦と化す。全てを浄化するかのように。大津波が全てを覆いつくすだろう。あってはならぬ。部族の末裔よ……未来を想う意志を高め闇を駆逐し世界に少しでも光を残せ……」

英良は試しに声を出して答えようと試みた。しかし、唇は動くが、発声できなかった。

それに、今自分の立っている位置が掴めない。

「欲溢れ隙あらば……そこに闇は流れ込む……光溢れる未来を望むなら意志を高めよ。極東の光の子よ。おまえの国に不穏な影が流れ込む。混じり合う血、絡み合う欲、権力を振りかざし弱き者を飲み込む負の渦。多くの者が涙し悲痛の連鎖は繰り返されるだろう。無知なる権力者。操る闇を纏いし人の欲。今こそ光の強き意志を高めよ。さもなくば強き欲の風に飲まれる。警戒し向かいつつある脅威に備えるのだ」

大切な人、誰か他に俺と同じ人間が、どこにいるというのだ？　英良は一人呟く。優里とは一体誰で、どこにいるのだろう？　夢の中に出てくる女性、単に夢想ではないのか？　英良の自問自答は続いた。光と闇は絶対的な存在なのだろうか。分からない。以前から思うこと、何が絶対的な概念なのか。分からなくなってくる。

その後は何かに遮られたかのようにエリーナと優里の声は聞こえなくなり、エリーナは英良の前に姿を現わすことはなくなった。

姿なき悪意

何もなく穏やかな日が続く。吹く風も柔らかく地面を通り過ぎていく。いつも通り朝の決まった時間に、英良は散歩に出かけた。変わったことと言えば一つだけで、獣医とマカロニの姿が見えなくなってもう四日になる。その日の夜の午前一時。英良はマカロニのことが気になったので微弱なマカロニの気配を捉え呼んだ。

「マカロニ……聞こえるかい？」返事を待っていたが、突然マカロニの光が弱まったことに気が付いた。言葉を放ち一旦はマカロニの声が強く反応したのを感じたが近くまで呼び込んだ後だろうか、急に遠ざかっていくのを感じ、マカロニの消え入りそうな声が聞こえてきた。


「うぅ……くるしいよ……」

「どうしたマカロニ？」

「英良さん……何かに……捕まったんだ……うぅ……」

「何かに？　周りに何か見えないかマカロニ？」

「英良さんの声で近づいたら……うぅ……何も見えないよ英良さん……」

「止まるなマカロニ。動け！」

「あぁ……連れていかれる……真っ暗な歪に……英良さん……!!」

「マカロニ……？」

「うぅ……英良さん……助けて……」

「逃げろ！　マカロニ！」

「だめだ……飲み込まれる……英良さん……」マカロニの声が遠ざかっていった。

「うぅ……ぅぁあ……」

「マカロニ！」英良は何度か呼びかけたが、その後マカロニからの返事は来なかった。

「英良様。広目天で御座います。英良様周辺で闇の歪が浮き上がった……このような刻に何かあったのですか？」

「広目天殿か……？」

「御意。歪が浮き出た場所に来てみれば、歪は既に消えた状況……、一体何が起きたか英良様？」

「広目天殿か？　助けてくれないか……」

「何をすればよろしいのですか？」

「私のせいだ……大変なことを起こしてしまった……」

「英良様？」

「私が犬の天使を呼んだら、どうやら私の周りに巣くう闇に捕まったらしい」

「やはり不穏な動きを見せていたあの歪は闇でしたか……」

「犬の天使は闇の歪の中へ入ってしまったのか広目天殿？」

「御意に御座います」

「行き先を追えないか？　闇の歪から天使を救い出せないか広目天殿？」

「我が異変に気付き後一歩到着が早ければ、救い出せたでしょうが不覚……英良様」

「今となっては手遅れか広目天殿？」

「申し訳御座いませぬ英良様」マカロニは闇の歪に飲み込まれた。しかし一体どこへ連れ去られたというのだ？　誰が何のためにマカロニを拉致した？　腑に落ちないことばかりだった。


二日後、英良はいつも通り公園を当てもなく歩いていた。公園の横にはセレモニーホールがあった。ここは母の葬儀を執り行ったところであり、この日は何故かこの場所に辿り着いた。建物の入り口に目を向けると「相川家葬儀式場」とある。「まさか」英良は入り口まで来た時に、喪服を着た一人の女性の後姿が見え彼女は振り向いた。顔を見るとさつきだった。

「弔問の方ですか？」と彼女が言う。よく見るとさつきに似た女性の顔だった。

「いえ……」と英良は一言言い「失礼ですが、相川さつきさんの親族の方でしょうか

「……？」と英良が聞くと「そうですが……」とその女性は応えた。

「私は母親ですが……」

目元がさつきによく似ている。母親よりも姉といった印象が強い。

「さつきのお知り合いの方ですか？」

はい、と英良は返事をした。「さつきさんは、どうかされたのですか？」英良は嫌な予感を持ちながらも母親に尋ねた。

「一昨日、さつきは亡くなりました。それも突然に……」

「なんですって⁉」英良はひどく狼狽した。

「私も気が動転しています。貴方はご友人ですか？　さつきのことで何かご存じですか？」

「ええ……」英良は言葉を濁した。「信じてもらえないと思いますが、マカロニというさつきさんと一心同体の愛犬が、一昨日の三時過ぎに死んでしまいました。それも闇の歪に飲まれて……」

さつきの母は絶句した。

「正確に言うと犬の魂が闇に飲み込まれたというか……」英良は言葉に詰まった。

「一昨日の三時過ぎ……。間違いありません」

英良は次の言葉が出てこなかった。

「貴方の仰ることに驚きを隠せません。闇の歪？ ……少し理解しづらいですが……さつきと一心同体とは……頭の中が混乱してしまいます……」

英良は黙っていた。

「その話の内容がとても気にかかることですが……、あの子は亡くなる前に……意識昏睡状態の時……闇が……そう何度も繰り返していました。さつきの死因は原因不明なんです。何か知っているのでしたらお教え下さい……」

英良は頷いた。

「さつきの死と繋がる……驚きと困惑の日々から解放される手掛かりです。また後日どうかご連絡下さい……私はさつきの母で相川陽子と申します。よろしくお願いします……」

彼女はセレモニーホールへ戻っていった。さつきとマカロニの強すぎる因果関係……英良の周辺では理解できない不思議なシンクロニシティが起きる。同じような出来事が同時多発的に発生する。因果関係の強いものや全くの偶然など様々だ。地球上には数十億の人々が存在し様々な日常を送っている。日々起こる出来事も数十億通りある。その出来事が英良の体験する事象と一致しても不思議ではない。むしろ自然なことと言える。英良は難しく考えないことにした。

英良は気分転換に夜に近くのスナックへ飲みに行った。何気なく店内の壁を見た。すると般若の面があり、毘沙門天の写真が額縁に入って飾られていた。偶然だった。英良は一時間ほどでスナックを切り上げて帰宅し少し熱めの風呂に入り風呂上りに飲みなおし、夜のニュースを観て歯を磨き就寝した。時計を見ると午後十一時十一分。深い眠りについた。

「英良様！」

「毘沙門天殿か……？」

「御意」

「どうした……」

「襲撃を受けたので御座います……御助力頂きたかったので御座います英良様」

「何があった？」

「弁財天が連れ去られたので御座います。おそらくは闇の使い手かと」

「闇の使い手……」

「御意。侮れなき闇の使い手かと。もう刻の猶予は御座いませぬ。静観もしてはいられませぬぞ英良様。これより我は仏界に向かい、最強の仏を従え弁財天を救出しに行こうと考えております。英良様。御指示を」

「えっ？」と英良は聞き返す。

「弁財天は富をもたらす仏に御座います。英良様は本来、多くの富と名声を得られる方。それを阻もうとしているのかも分かりませぬ。その弁財天が襲撃されたからにはその背後には大きな闇が働いていると思われます。ここで何もせずに傍観するので御座いますか？御指示を下され。誤ることがないような判断をお願い申す英良様」毘沙門天は繰り返した。

「指示？」

「御意」

「私は仏に指示は出せないぞ」

「何を言われますか。地獄の餓鬼が英良様の名を知っているので御座います。そのことは以前にも申し上げたはず……ここで弁財天が拉致されたことも英良様を陥れる巧妙な策かもしれませぬ……」

知っている、と英良は言う。

「それならば、何故力添えを下さらぬか」毘沙門天は怪訝に思った。

「分かった……そう判断したら、無理に止めはしない。毘沙門天殿に任せよう」

「御意。有難き御言葉に御座います」毘沙門天は安堵した。「悪意の根源が仕掛けた罠やもしれぬが……英良様のために弁財天を救い出す！　英良様。我は仏界へと戻り準備致す」

「しかし、何故このタイミングで起きた？」

「英良様。仏界は異界からの進入はないはず。否、あってはならず、起こり得ないはずに御座います」

「それが何故？」

「それは閻魔の力で御座いましょう英良様」毘沙門天は暫く沈黙した後答えた。

「閻魔？………」

「御意、我は急ぎ体制を整え仏界へと向かいます。御助力必要なる時はお願い致す。人間の刻にして二日程度……強き仲間を従え発つ準備をしたらすぐにお伝え致す」

英良は頷いた。

二日後の夜、英良はビールを飲み眠気を感じ船を漕いでいると傍に毘沙門天が立っていた。

「英良様。我は強き仏界の猛者と共に悪意の根源目指し地獄へと入りますぞ」毘沙門天は言う。

「どうしても行くのか毘沙門天殿？」

「英良様。何を言うか……弁財天を救い出すために地獄に入るのですぞ。我等は怨霊の棲まう地……地獄の最下層。無間地獄《むげんじごく》を目指します。大焦熱！　焦熱！　大叫喚！　叫喚！　衆合！　黒縄！　等活！　七つの地獄を越えます。後に八熱地獄《はちねつじごく》の四門を越えなくてはなりませぬ。英良様。必ずや悪意の根源……怨霊を我等で叩いてみせますぞ。これより到着まで交信することはないでしょう。英良様。我等が窮地に陥った時は、英良様の言葉で我等に一筋の光を我の剣羅生門に下され。英良様の御力で乗り越えますぞ」

力天、と英良は言う。

峠原の言葉が伝わると、羅生門から五光の光が放たれた。闇を斬り裂く力を発揮するよう意識を集中させた。

「有難き御力。我等五仏……英良様の御力にて必ず地獄の最下層へ到達致します。人間の刻にして数日……お待ち下され！　では地獄へ入りますぞ」

気を付けるように英良は伝える。

「御意。では行ってきますぞ英良様」

毘沙門天は仏界から四仏を連れて闇の歪をこじ開け、漆黒の暗闇を弁財天の光の痕跡を追って進んだ。地獄、遂に怨霊の棲まう地、無間地獄の入り口へ。

無間地獄……阿鼻地獄《あびじごく》。

その入り口付近は、生前大罪を犯した罪人が餓鬼に追われ剣の樹に逃げようと上っていたり、別の罪人達は刀の山を登り魑魅魍魎の追っ手から逃れようともがき、さらには熱湯の池の中で苦しみに耐える光景で溢れかえっていた。

他には腹が異常に出て手が短く、顔には目らしきものが見あたらない奇妙なもの……人間界で伝わる餓鬼と呼ばれる者がいた。その餓鬼二体が毘沙門天に向かって意味の分からないことを叫んでいた。また顔が溶けて目、鼻、口の形が分からず、腕が波状に曲がっているもの……魑魅魍魎。それらはその曲がった腕を毘沙門天に向けて近寄ってきた。

その闇の中にひときわ目立つ黒い固まりが毘沙門天の行く手を遮っていた。無間地獄門番の八頭虎怨磨《はちずこえんま》が五体。

「力天、力天、力天」毘沙門天は鬼の形相に変わり、凄まじい勢いで這い回って襲いかかってくる餓鬼と魑魅魍魎を切り捨てていった。毘沙門天が剣を抜き周りの餓鬼や魑魅魍魎を切り裂いて進んでいく。毘沙門天が握り振り下ろしている剣……羅生門。

漆黒の闇の中で毘沙門天は、大きな光の球体と化していた。光の塊は巨大な渦となり、周囲の闇は光の中心部へと飲み込まれていく。ほとんどの餓鬼と魑魅魍魎は羅生門の光で焼かれてしまった。残るは八頭虎怨磨五体。

「我等に立ちはだかるか八頭虎怨磨め。滅してくれるわ」

羅生門を二度、三度振り下ろす。一太刀、二太刀……八頭虎怨磨も応戦したが、毘沙門天の羅生門には及ばない。

「撃、撃、撃、やりましたぞ英良様。我等と英良様の力で……八頭虎怨磨を滅してくれましたぞ。無間地獄の門が開きつつあります英良様。広大な無間地獄に入り……悪意の根源を探しますぞ。報告をお待ち下されぇ」毘沙門天は辺りを見渡したが、闇は見当たらなかった。「英良様。静けさだけを感じます」異様な静けさが五仏を包み込む。

油断をしないように英良は促した。

「御意英良様。では今、最小限の力でやりましょうぞ……羅生門に御力を。千陣の光を羅生門へ注いで下され」

「毘沙門天殿。無理をするな」英良は甚大な光の力が羅生門へと下るように、それが闇の急襲を防ぐためのものであるように念じた。

「御意に御座います英良様。しかし、これより我等は餓鬼の群れに突入する。手掛かりになる餓鬼……情報を握る者を一匹捕らえましょうぞ」無間地獄の扉が開き、その先の吸い込まれそうな闇の中へ毘沙門天と四仏は進んでいった。

六十四の目

「英良様。我の言葉をお伝え致す。人間界で罪を成した人の落ちる先を我等は目の当たりにしております。我等が見ているのは……舌を抜き出されて数百の釘を打たれ、毒や火を吐く虫や大蛇に責めさいなまれ、熱鉄の山を上り下りさせられる夥《おびただ》しい数の罪人どもで御座います」毘沙門天は続ける。「これまでの地獄さえ……この無間地獄に比べれば夢のような幸福でしょう。ここは地獄の下層。必ず英良様に向けられた怨霊の類がいるかと思われます」

深追いしないように、と英良は言う。

「御意」

毘沙門天と四仏は辺りを見渡した。闇の暗さと霞で視界は甚だしく悪かった。何もが黒く、闇に隠れ本当の形が見えなかった。毘沙門天と四仏は暗闇の中を進んでいたが、黒い塊が突然人型に変わり無数の目を持つ鬼が毘沙門天達の行く手を阻もうとした。

毘沙門天達は遙か前方に、巨大な悪意を感じた。

「おおっ……あれは」身の丈七尺はある大鬼が、毘沙門天と四仏の眼前に突如現れた。

「英良様……六十四の目を持ち火を吐く奇怪な鬼ですな。情報なき今……これを捕らえ情報を引き出そうと考えております。英良様。我等と共に戦って下さるか？」

英良は分かったと頷く。

「有難き御言葉。六十四の目を持ち火を吐く奇怪な鬼……こやつを捕らえる行為が他の鬼達に気付かれれば我等は敵意の集中砲火を受けます。一気に力でねじ伏せますぞ。宜しいか英良様」

「分かった。余力を残しつつ不利な形勢になったら、引くぞ毘沙門天殿」

「御意。それでは一筋の空陣、この力を我等に放って下さらぬか英良様」

英良は頷いた。

「言霊が発動次第、鬼を捕らえますぞ」

英良は祈り毘沙門天が危機を突破できるよう、光陣の力を放った。

「素晴らしき御力。鬼め。捕らえてくれるわ。英良様。余力あれば御力を我に」毘沙門天は力天の力を感じた。

「捕らえましたぞ英良様。六十四の目を持ち火を吐く奇怪な鬼。我等は気付かれぬよう陣をとり鬼を無間地獄の端へと連れて行きます。英良様。情報を引き出し鬼を滅することをお許し下され」毘沙門天は英良に伝えた。

「英良様。報告で御座います。捕らえました六十四の目を持ち火を吐く奇怪な鬼。既に滅してくれましたが情報を得ました。英良様を狙う悪意の根源と共に仏界の驚異となる怨霊。絶つのは時間の問題で御座いますぞ。これより我等五仏は怨霊の棲み家を知る餓鬼の元へ向かいます。ご報告をお待ち下され」毘沙門天が言葉を掛ける。

「英良様。怨霊の棲み家を知る餓鬼の元へ到着しましたが、我等が無間地獄へ入ったことを察してか、もの凄い数の闇を集めております。闇を集めて何かをするつもりのようですぞ。我等五仏少し距離をとり状況を把握しますぞ。さすがにこの敵の数には敵わぬ。暫しお待ち下され。動きあればすぐにご報告致す」

英良は用心することと、弁財天を取り戻すことが最終の目標だと言う。

「御意。英良様。餓鬼の動きから目を離しませぬぞ」毘沙門天から言葉が返ってきたのは二刻後のこと……。「英良様。餓鬼の元に集まる闇が少しづつ離散しております……もう少しだけ……様子を見ますぞ。敵の数が減り……機を見て戦を仕掛けますぞ英良様。その時は交信致す。もう暫しお待ち下され」

毘沙門天の周囲には、数は減ったが依然として餓鬼が徘徊し、闇が蔓延していた。状況は変わりそうにもなく、英良は毘沙門天と言葉を交わした結果、餓鬼を含めた多数の怨霊に襲撃を仕掛けることにした。

「襲撃の準備が整いましたぞ。餓鬼に集う闇は数百……我等の力を見せる時で御座います。やりましょうぞ英良様。今後の行動に影響するため……一匹たりとも敵は逃がせぬ状況。古《いにしえ》の結界網を観音様より下され。英良様。さすれば闇を逃がさず我等五仏で全滅させますぞ。一つの判断で全てが狂います。慎重にやりますぞ」

「英良さん……。小仏様の御声が届き……警告を促し続けています。闇が深く入り込もうとしていると。これから経を読み上げ観音様の御言葉も頂きます。毎日頑張っていたことを無駄にしません。私は強い意志で今を乗り越えます」精神を集中し黙想を続け美姫は言う、「英良さん。今毘沙門天にどのような助力が必要ですか？」美姫は毘沙門天と四仏の状況を掴んだようだ。

「観音様から古の結界網を頂けませんか美姫さん。これがあれば毘沙門天も闇と餓鬼の力を防げるはずです」

「古の結界網？　分かりました英良さん。多くの闇を捉える古の光言霊。観音様より力を授かります。英良さんは人徳を尊び無限地獄を掌握するつもりで、五仏の無事を祈願して下さい。やりましょう。五度念じて下さい。読経を限界まで一気に高めます。ではお願いします英良さん」美姫は経文を読み上げる際、一言一言に魂を込めて唱えた。低い声だったが、美姫の声はお堂全体に反響した。美姫の数珠を持つ指先は冷たくなった。経を唱える声も小さくなってきた。

「いけない……。私がこんなんじゃ……」

必死に美姫は経を唱える。指先は冷たさを通り越し痺れてきた。額が熱い。その熱さは次第に眉間へと集中していった。目がかすみ、周りの物が二重に見えてきた。肩が痛い。背中に鋭い痛みが走る。

「観音様より御言葉を授かりました。古の光結界……力が強すぎて私は倒れるかもしれません。でもこのチャンスを絶対に生かします。倒れても光の言霊だけは英良さんに伝えます。さらに五度念じて下さい。読経は全開です。すぐにやりましょう英良さん。一気に古の光結界を授かります。お願いします」美姫は続ける。「やりまし……た……古の光結界綱……闇の力で縛られている怨みの結界。それを光の絶対的な力で打破しましょう。もう英良さんには、その力が備わっています。それを……毘沙門天に……悪意を……絶ちましょう……英良さん……」

英良は獅子転生と詠唱した。

「これに御座います。英良様。突入致すぞ。強き力よ。四方から挟めぇ。我は正面突破してくれる。英良様！　一気にやりますぞ。御力を下され。力天、力天、力天」

五仏は煙立つ暗闇を光の剣で切り裂いていった。闇の中では餓鬼の身体は餓鬼が発する阿鼻叫喚と共に二つに斬り捨てられていき、辺り一面は餓鬼の屍が灰色の土砂となって、夥しい砂煙が舞い上がっていった。

「さすが地獄の猛者ども。我等と同等の力ですぞ英良様！　ここで我等が滅されるわけにはいかぬぞ。英良様。さらに御力を……力天、力天、力天……」

幾重にも五仏に襲いかかる餓鬼。斬っても斬っても一向に数は減らない。

「四強仏が圧されておる。なんということだ。結界を張っては我等も脱出不可！　我等が勝ち残るか、餓鬼どもに滅されるか。英良様。奥の手で御座います。我の剣、羅生門を獅子へと幻獣化させますぞ。御力を下され。英良様の言霊を五度注いで下され。事態は一刻を争いますぞ」

英良は再度、獅子転生の言葉を念じた。英良の言霊は地獄の闇の空を貫き、一筋の光陣の閃きと共に羅生門へと降り注ぐ。その刹那、毘沙門天を含めた五仏の周りは銀色の光の中に細長く、先が太くなった金色の光陣が煌めいていた。赤黒い闇空を裂き羅生門へ金色の閃光が注ぎ込まれた。

「素晴らしき御力。羅生門よ獅子となりて怨霊を喰らいつくせ。我等が圧し始めましたぞ英良様。余力あればさらに御力を、力天、力天、力天」

餓鬼の奇声と光と闇のぶつかり合う轟音が半刻の間、鳴り止まなかった。

「やりましたぞ英良様。怨霊の棲み家を知る餓鬼を捕らえました。残りの怨霊は四仏がじきに全滅させるでしょう。英良様。勝利で御座います。戦の衝撃で地獄の番人どもが近づいてくるやもしれぬ。怨霊を壊滅させ餓鬼を連れ移動しますぞ。暫しお待ち下され英良様」

羅生門が、生きている獅子のように数本の光陣となって闇の群に突き刺さっていった。光は闇を覆いもの凄い爆音が響いた。大きなきのこ雲のような固まりが舞い上がった……闇が塵となって爆発した。

辺り一面は餓鬼の屍の山と化し空は黒く染まり、煙が立ちこめていた。

迷い

毘沙門天は一匹の餓鬼の頸を鷲掴みにし、餓鬼が発する奇声が遮られる岩山の陰へと連れて行った。追っ手が来ない間に餓鬼から情報を聞き出そうと毘沙門天の行動は機敏だった。餓鬼は鬼気迫る毘沙門天に恐れをなし抵抗することは皆無……情報を聞き出すには時間はかからなかった。

「英良様。怨霊の棲み家を知る餓鬼ですが奇声を発してたまらぬ。仲間を呼ぼうとしておりますぞ。しかしここで滅してしまっては全てが水の泡……英良様！　暫しお待ち下され。こやつの声が仲間に届かぬ場所まで移動しますぞ。我の報告をお待ち下され」散々抵抗した後に必死に命乞いをしていた餓鬼だったが、厳しい毘沙門天の追及から逃れられないと分かった餓鬼は、全てを白状し自分で舌をかみ切った。

「英良様！　怨霊の棲み家を知る餓鬼より情報を得ましたぞ。悪意の根源は無間地獄の中枢にある！　全てを吐かせ餓鬼を滅してくれましたぞ。英良様。我等はこれより無間地獄の中枢に向かい突入を図りますぞ。人間の刻にして移動は一日程度。突入時には御声掛けします。暫しお待ち下され。遂に悪意の根源を叩く時が来ましたぞ！」毘沙門天と四仏は後へは戻れなかった。しかし前へ進むにしても闇は深まるばかりであった。どこから餓鬼の奇襲があるかも知れない……五仏は細心の注意を払い奥へと進んだ。

「英良様。無間地獄の中枢に到着しましたぞ。怨霊の殺気漂う祠を発見しました。情報によるとここが悪意の根源の棲まう場所で間違いありませんぞ。御言葉を下され！　遂にこの時がきましたぞ」到着する処へ来た五仏は、お互いに背を合わせ周囲の気配に神経を集中させた。そこからは異様な静けさを感じた。

「やりましょうぞ英良様！　祠は殺気と悪意の力で溢れておりますぞ！」

「毘沙門天殿……」英良は躊躇した。

「こちらも万全を期して奇襲をかけたい！　そう考えております英良様」毘沙門天は好機を逃したくなかったため言葉を畳みかけた。

「どうする毘沙門天殿……」

「美姫様に状況をお伝えし、我等に光の攻防陣を纏わせて頂くようお願いできませぬか。強き仏のみ纏える光の攻防陣……観音様しか発動できぬ御力ですぞ。光の攻防陣を纏い次第！　我等は悪意の根源が棲まう祠へと突入致す」

「毘沙門天殿……待ってくれないか？」力のない言葉が届き毘沙門天は驚いた。

「どうされたか英良様？」

「引き返そう毘沙門天殿……」

「なんと？　先日、弁財天を救おうと仰り今度は中止とは？　何ごとだ英良様」

「毘沙門天殿……私の余力が続かない」

「弁財天を救い出すのはそのためでもあるのではないか英良様。どうするか御判断を」

「毘沙門天殿……犠牲が出ることを心配している。これ以上仏を失いたくはない」

「弁財天を救わずにそこへ戻ると？　そういうことか英良様？」毘沙門天が言うと沈黙が続く。


「観音様と待機しています。英良さん。どうなってるんですか……」美姫が困惑して言った。美姫自身の判断で毘沙門天を地獄の奥へ進ませることはできなかった。

「戻りましょう美姫さん」

「どうすればいいのでしょうか？　経は既に限界突破しています。観音様にそうお伝えするので毘沙門天に助力できないと伝えて下さい英良さん」

英良は判断に迷った。このまま進めた方が良いものか……引き上げるべきか？　毘沙門天が地獄の奥へ進んだとしてもかなりの深手を負うことは明らかである。弁財天を発見し連れ戻すにしてもどれほど刻がかかるか想像もつかない。今五仏を戻した方が賢明ではないのか。英良は判断に苦しんだ。

「観音様に御言葉を頂きました！　今、負で財運をはばかれているのならば弁財天は必要なる存在……しかし戦う力ないのであれば毘沙門天を撤退させて下さい！　強き魑魅魍魎いる地……危険です」美姫は英良を叱咤した。

英良は決断した。進むことを……毘沙門天を閻魔の支配する異界へ送り込んだのは、自分自身。このまま進もうと……。

「毘沙門天殿。すまなかった……心に迷いが生じてしまった。このままでは、地獄の闇を進むことは叶わない。私も渾身の力で前進しよう」

「素晴らしい言霊を英良様。さらに我等五仏に絶大なる力を下され。英良様からの御言葉からは瞬間的な力が漲るのを感じますぞ」

「分かった毘沙門天殿。行こう」

「御意。今の敵の数はおおよそ数百……突入しますぞ英良様。御力を下され。力天……。さすが地獄の猛者揃い。地獄の強き闇どもがわんさかおりますぞ英良様。こやつらの奥に必ず悪意の根源がおります。英良様。御力を下され。力天……」

どこから湧き上がるのか、斬り捨てても餓鬼の群が五仏を襲う。密集した黒い集団が際限なく取り囲む。斬られた餓鬼は黒い砂煙となって舞い上がり、それがいっそう闇の黒さを際立たせた。

「英良さん。経を再開します。意志を高め言霊を集めて下さい。徳をもって光を尊び陣を整える。その意志を持って下さい。やりましょう」

「その意志を持てと言われても……」

「これは五仏を守りながら、闇の力を駆逐する力です英良さん」

「私の言葉と意志で闇を打破できるのですね？」

「そうですよ英良さん」

「俺は油断していたと言うことか……」

「そうですよ英良さん。一瞬の判断の遅れが毘沙門天達を窮地に追い込んでしまいます。さあ。一緒にやりましょう」と美姫は言い経を唱えた。

「二人の力を持ってしても足りない……英良さん。もう少しで授かれます。徳をもって光を尊び陣を整える。その意志を。あと……三度お願いします。それで授かれます。ここに全てをかけて……倒れても観音様から光の言霊を授かってみせます……。英良さん……あと少し……お願いします……」

寺のお堂の空気が一瞬止まったような感覚に美姫は襲われた。その瞬間、観音像の頭上から美姫へ光が放たれた。

「観音様の光攻防陣。素晴らしき御力じゃあ。闇を滅し奥へと進みますぞ英良様。……英良様を狙う悪意の根源を突き止めますぞ。力天……」

光の衣

深い霧が立ち込めている。遠くには微かに光が漏れているのが分かる。一人の女性が立っていた。ジェシカだということはすぐに分かった。

「一緒に来なさい英良。これから貴方にやってもらうことがあります」ジェシカが言う。英良はジェシカの後を黙ってついて歩いた。英良はジェシカの身長が意外と高いことに気が付いた。足元は見えなかったが、目の高さが英良とあまり変わらなかった。ジェシカは後ろを振り向き水先案内人となって先を歩いて行った。髪はストレートの色はブラウン。歩くたびに毛先が肩の上で小さく揺れた。少し前方に微かに明かりが見える。ほどなく進むと水辺のほとりに辿り着いた。そこは沼のようなところで桟橋があり横には屋形船のようなものが止まっている。微かな明かりはこの船の明かりだったようだ。

「入りなさい」とジェシカは促した。英良は桟橋から船上へ降りたが、桟橋と同じ高さの感覚で足を降ろしたところ、段差があり蹴躓きそうになったが何とかぎこちなく足をつけた。船上の部屋の入り口には巫女のような女性が二人座っていたが英良の顔を見ずに視線は真っすぐ前へと向けられていた。

「こちらへ英良」ジェシカは言う。

室内は意外と広く、三十畳はある和室風の空間に机が一つと向かい合って椅子が添えてあった。

「英良、突然ですがこれから神々の審議を行います。審議は全部で七題です。その問いに貴方自身の思ったことを嘘偽りのない言葉で答えなさい」ジェシカの背後に三人の白いローブを着た老人が机を前にして座っていた。向かって左の老人は頭髪がなく、白い顎ひげを伸ばしていた。真ん中に座っている老人は、頭髪とひげはないが、白く太い眉毛に特徴のある老人であった。右に座っている老人は、頭髪は白く口ひげと顎ひげのある老人だった。最初に左手の老人が問いかけた。

「人間の神官よ、我の問いに答えよ」

「お前は今、一斤のパンを持っておる。それは、最後の食料。その時、飢餓に瀕した母子がお前のパンを分けて欲しいと言った……お前はどうする？　答えてみよ」

「差し上げます」

「母子に差し出すというのか？　偽りを申すでないぞ」

「偽りではは御座いません。パンがなくても我慢します。母子……子供は食べるものがなければ、餓死の道を進み最悪、命がなくなるでしょう。私は食べるものがなくても、少しの刻は凌げます」

「それでも同じではないか？　刻が来たら、お前も死するのだ。それでもお前はパンを人に譲ると申すのか？」

「私が犠牲になり……二人の命が救われるのであれば、パンのみならず我が身を削りましょう。それが私に課された使命なら受け止めましょう」

真ん中に座っていた老人が問いかけた。

「神官よ、今、二人の者が領地争いをしておる。双方とも自分の土地だと言って一歩も引かぬ！　お前ならどう解決する？」

「土地は神が人間に与えたもの。人間は土地のみならず、自然全てから恩恵を受けます。

神が与えたものは、必ずその者の手に収まるもの。争っているということは、誰のものでもありません」

「お前が、そのように説得するのか？」

「争っている土地は、必要のないもの。今保有しているもので十分のはず。人間は欲を出すと必ず歪が生じます。そのことを咎めます」

「それでも聞かない時はどうする？」

「何もできません……双方とも、それ以上のものを失うでしょう」

「何を失うというのだ？」

「持っているもの全てを失うでしょう」

右手の老人が問いかけた。

「神官よ。お前は妻を持っているか？」

「いいえ」

「そうか……今、お前には僕と妻がおるとしよう。僕はお前が最も信頼している者だ。無論、妻も最愛なる者……その最も信頼している僕とお前の妻が姦淫したらどうする？　答えられまい……人間の神官よ」

「許します」

「誰を許すと申すのだ。人間の神官よ？」

「双方です」

「戯れ言を申すな」

「戯れ言ではありません。最も信頼している僕と最も愛している者。双方とも最も失ってはならぬ者。斬首にでもせよと言われるのですか？」

「問いているのは此方の方ぞ……では、何ごともなかったように振る舞えるのか神官よ？」

「憎しみは、人心を破壊します。そうなれば、元には戻らないでしょう……それこそ愚かの極み」

「そこまで申すか」

「これは譲れない事柄……あらゆる非難を受けようとも自分の考えを貫き通します」

左手の老人が問いかけた。

「神官よ……では再びお前に問う」

「はい？」

「闘いが起き、その闘いにお前は勝った。その結果、敗者の一部が自軍を寝返り、お前に命乞いをしてきた。その時、お前はどう対処する？」

「最初に私の軍門に下った理由を聞きます。理由を聞いたうえで、傘下に加えず帰すでしょう」

「仲間に加えないと申すのか？　お前に貴重な情報をもたらすかも分からぬぞ？」

「いいえ……もし傘下に加えたら、内部でいざこざが起き、結果崩壊するでしょう」

「何故そう言い切れる？」

「私の仲間は、同じ意志を持つ者の集合体。その中に異なった者は入れません。万が一、入ってきた時は、則ち自らが破滅するでしょう」

真ん中の老人が詰問した。

「人間の神官よ。我の問いかけに嘘偽りのない言葉を投げよ。お前と数人の者が議論しておる。お前の意見は少数派。お前には二人の者しか賛同しておらぬとしよう。その者二人がお前から離反した！　どうする人間の神官よ？」

「致し方ありません」

「致し方ないとは、どういう意味だ神官よ」

「私は怒り、憤りその他諸々……感じません」

「何と？」

「人間は、喜び怒り哀しみ……人生の中で多くの楽しみを得ることでしょう。それらがなければ生きてはいけないのが人間です」英良は続ける。「私から離反した者は、自分を守るために多数派に付いた者……自分の利益を勝ち取るために行動した者……私が彼等を縛る謂われはありません」

「ここにきて自ら墓穴を掘ったな？　人間の神官よ。お前は人間であるが、感情を持たないと申したな？　その反面、人間は感情がないと生きてはいけないとはどういう意味だ。答えよ人間の神官よ？」

「私は、私から離反した者はどうでも良いのです。自分にとって悪い事柄に対しては怒りも恨みも感じないということです。自力で乗り切ることですから……しかし、人間の基本的な感情は喜怒哀楽で成り立っているということです」

「お前は、自分が他の人間と違うと言いたいのか？」

「いいえ……同じ人間です。狭い視野で事柄を見ず、物事というものは広く全体を見て知る必要があると言いたいのです」

右の老人が問いかけた。

「神官よ。お前の命令に従わず働かない臣下がおる。いかがする？」

「命に従わせます」

「それでも従わずは、いかがとする神官？」

「何か理由があるのだと思います。それを聞きます。任務に従わない者は、我等の一員ではありません。理に適った理屈にせよ、怠惰にせよ修正を計らなければなりません。私がやらなければならないこと……それは断罪に処することではありません。闇雲に人を処分することは誰にでもできること。これも大きな視点で物事を納めることに繋がります。寛容なる心で説き、正常なる軌道に修正を計ること。それのみです」

「崇高なる行動ということか……人間の神官よ」

左の老人が問いかけた。

「神官よ……」

「はい」

「絶望とはいかに？」

「はっ？」

「打つ手がなく万策尽きたとしよう。お前はどうする神官よ？」

「絶望に支配され諦めたら、希望の光も潰えます……それは避けなくてはなりません」

「それでもお前は諦めぬと申すのか？」

「はい」

「人間の神官よ。お前には古代イスラエルの王の一人……その王と同じ光をお前に感じた。自己を犠牲にしてまで、慈愛のある光……そのことを忘れるな神官よ」

「はい」

「この審議の結果は、後日お前のパートナーに伝えるとしよう。暫し待て大神官よ」

「はい」英良は礼をして視線を下げ、再び前を見ると三人の姿はなかった。

「上手く光が溜まり、聖地へ送ることができました大神官」ジェシカは英良に言う。

「そうですか？」

「かなり言霊を放ち疲れたでしょう？　今日はゆっくり休み、後に備えなさい神官。審議の結果は追って聖地から通達があるでしょう。私は審議に落ちた時にのみ貴方へ伝えます。平常心でお待ちなさい英良」

英良は頷いた。

地獄の龍

英良は疲れていたためか熟睡した。夜中にふと目が覚めて時計を見ると午前一時。布団に入りちょうど三時間だった。目が覚める時はいつも三時間周期というふうに。そしてまた毛布をかぶり眠りについた。英良の意識体は毘沙門天の言葉を捉えた。

「英良様。闇どもをかきわけ進んでおりますが、何やら我等と同等の力……闇深き力を感じますぞ。その数二つ……英良様……御力を下され。悪意の根源は間近ですぞ。力天！」

毘沙門天は遙か前方に巨大な渦巻きを捉えた。

「二双燈龍《にそうひりゅう》ですな英良様……闇の力を得た地獄の龍が立ちふさがりましたぞ。我の剣！羅生門を獅子へと幻獣化させますぞ。御力を下され。羅生門を獅子へ転じる力。これを五度下され英良様……地獄の龍を打ち破り……悪意の根源を絶ちますぞ……英良様。お願い致す……」

英良から放たれた言霊は羅生門へと注がれ、毘沙門天は気合一閃のもと地獄の龍の腹を切り裂いたが、再び切り口は修復された。斬っても斬っても際限がない。

「ぬぅ……さすが地獄の龍……しかも闇の力を纏っておる……英良様一瞬の気の緩みで我は滅される……さらに御力を。我の全てをここに注ぎますぞ。力天‼」

増殖していく闇は、螺旋状の渦となって羅生門の光を飲み込んでいく。

「英良様。持ちませぬ。我は……地獄の龍を滅するため、破壊の力を使いますぞ……自爆の力で御座います。英良様。闇に染まりし地獄の龍さえいなければ悪意の根源は叩ける。我の自爆をお許し下され」毘沙門天は苦渋の判断に迫られて自らの力を全て地獄の龍に放つことを決断した。形勢は一気に逆転し、毘沙門天を取り囲む闇は光の自爆と共に飛散し静寂が暫くその場を支配していた。


「さ……ま……英良さ……ま……毘沙門天で御座います。我に命の灯火が……四仏が犠牲となり……観音様の光が我に射し込み。これは美姫様の生命の色。散った力が一つとなりました。しかし仲間は消え闇は逃げ去り、悪意の根源を滅せなかった。英良様……全て我の責任で御座います。申し訳ありませぬ。情報をすぐに集めます」

四仏は地獄で消滅した。この後の進軍は毘沙門天ただ一体……英良は如何なることが起きようとも毘沙門天を援護する決意はあったが、しかし英良は一抹の不安を感じていた。

「英良様。餓鬼より情報を得て斬り捨てましたぞ。情報によるとこの地より北！　そこに悪意の根源に繋がる怨霊の群れがいると聞きつけました。針の山岳を越え闇にまみれし蟲の群れを抜けた地で御座います。一刻も早く情報ある地へと辿り着きますぞ。では行って参る。我の報告をお待ち下され」毘沙門天の言葉は、戦う者の意識を鼓舞した。「英良様。悪意の根源に繋がる怨霊の群れ！　見つけましたぞぉ。お言葉を下され。怨霊の群れの中に明らかに一匹おかしいのがおりますぞ。まるで使者のような姿……奴が情報を持っているに違いありませぬ。数が多い！　しかしここでやるしかありませぬぞ英良様。今すぐ突入しても宜しいか？」

「毘沙門天殿……まずは周りの怨霊を取り除くのが先だ」

「御意。ではお願い致す。我一人あの数を相手にするのは危険で御座います。ここで返り討ちにあっては元も子もない。英良様。美姫様に観音様の言霊を授かって下され。光の雷を降り注ぐ力を。こうお伝え下され。我は突入の準備を致すぞ」地獄の空からは、太い紐のようなものに掴まった無数の魑魅魍魎が降りてきた。それらは明らかに毘沙門天に奇襲をかけようと目論んでいた。

「美姫さん。毘沙門天に迫り来る地獄の闇を一掃したい……観音様の力を借してもらえませんか。光の雷の力を……」

「光の雷……」美姫は言う。「これはかなり強い言霊になります。英良さんも瞑想中に異変を感じるかも分かりませんがそれでも良いですか？」

「どんなことが起きると？」

「英良さんの身体に大きな負荷がかかることは間違いないでしょう。ことによっては危険な状態になるかも分かりません」

「構いません美姫さん。やりましょう」

「危険な状況になっても良いと？」

英良は頷く。

「分かりました。それでは行いましょう。観音様からお力を授かります。英良さんはその力を受けて下さい」美姫は言う。「そして、十分溜めた力を毘沙門天へ解き放って下さい」

英良は頷いた。

「観音様の力は人間では受けられないほどの力になります。気持ちを集中して下さい。瞑想中に雑念が入ると仏の力に耐えきれずに英良さんの意識は崩壊する危険があります。分かりますね？」美姫は念を押す。

分かる、と英良は返す。

「それでは私も経を唱えます」

美姫の寺の外は激しい雷雨だった。稲妻と雷鳴が美姫の経の声をかき消すようにお堂に響いた。「観音様から授かりました……毘沙門天に力を放って下さい。英良さんには既に力が蓄積されているはず！　これで怨霊の群れを蹴散らして下さい……さらに読経を続けています……！」

雷が轟き、風が疾風のごとき吹き嵐を呼び込む。……この力は強かった。英良は詠唱した。

「素晴らしい。雷轟が怨霊を滅し続けておるぞ。突入じゃあ。英良様。余力あれば御力添えを」毘沙門天は羅生門で怨霊を斬り裂いて進んだ。その光景は遠目で見ると闇の中に幾度となく光が煌めいて周囲を照らしているようだ。

「やりましたぞ。怨霊は壊滅状態で御座います。情報を持っている使者を捕らえましたぞ。襲撃が悪意の根源に知れたのは明白ですぞ英良様。こやつを連れて安全な場所へと移動しますぞ。我の報告をお待ち下され。この場に長くはとどまってはおれませぬ……！

援軍に襲われる前に一刻も早くこの地を抜けますぞ」毘沙門天は続ける。「英良様、情報を持っている使者を連れ無間地獄の端まで移動しましたぞ。使者の持つ情報を引き出しております」

悪意の巣窟

「悪意の根源の情報を今まさに引き出しましたぞ英良様。使者は斬り捨ててくれましたわぁ。英良様。我は無間地獄！　悪意の根源は十地獄の最終地〝鉢頭摩《はどま》〟に御座います。我はこれより無間地獄を抜け十地獄に入りますぞ。無間地獄とは八地獄の一つ。十地獄を囲むようにある地。これより超える地獄は九……厚雲《こううん》、無雲《むうん》、呵呵《かか》、奈呵《なか》、羊鳴《ようめい》、須乾《しゅけん》提《だい》、憂鉢羅《うはつら》、拘物頭《くもつず》、分陀利《ぶんだり》、そして最終地獄〝鉢頭摩〟に御座います。悪霊、餓鬼、魑魅魍魎の巣窟十地獄。我は命を賭して向かいます。我と共に進んでくれるか英良様。これより我の向う行く手には怨霊の群れが待ち構えております。感じるのです闇の力……我を追ってくる敵意を。英良様。御力を我の剣、羅生門に注ぎ込み下され」毘沙門天は続ける。「英良様からの攻撃に転ずるためのお言葉を頂きたいので御座います。英良様の御力添えが必要で御座います。羅生門に力が蓄えられ次第すぐに出発致す。英良様……やって下され。祈って下され」英良は言霊を唱えた。

「素晴らしき御力。羅生門に英良様の御力が宿りましたぞ。これで迎え討つ力は万全で御座います。必ず敵意を切り裂き十地獄を越えますぞ。英良様。まずは厚雲地獄を目指します。報告をお待ち下され。必ずや悪意の根源を滅し英良様の未来を晴れるものとしましょうぞ」光球と化した毘沙門天の姿は、魑魅魍魎の目には捉えきることはできなかった。

眼前を遮る闇の壁は幾重にも連なり、毘沙門天の光力を奪っていく。足下を見るとそこはぬかるんでいた。泥地のようであったが違う……その場所の地面は全てが不安定な処であった。

「我は十地獄の一つ目……厚雲地獄を越えておりますぞ。英良様……」

英良は頷く。

「英良様ご安心下され。邪魔が入らなければ最終地の鉢頭摩地獄まではそう刻はかかりませぬ。英良様」毘沙門天は続けた。「我等は今、闇を切り刻み突き進んでおりますが……十地獄で罰を受ける人間どもに閻魔が闇を降ろし我等の進路を阻むよう仕向けられております」　毘沙門天が見て分かる死人はゆっくり動いて、こちらへ向かっていたが数が多すぎ遠くの光景は分からなかった。地平線の方はただ黒い集団にしか見えなかった。

「羅生門の力を持ってしても、この状態を脱するには刻がかかりすぎます故、美姫様に伝え観音様の御言葉をもらって下さらぬか……死人の操りを解く光の言霊を……我の行く手を塞がれ数が多すぎるので御座います。何卒！　英良様！」

「死人？」

「御意」

「毘沙門天殿。その者達は奇襲でも仕掛けようとしていると……？」

「否。そうでは御座いませぬ。我等光の力を持つ者に対しては、闇といえども莫大な力が必要となります故、ここは多勢に無勢をもって行く手を阻もうとしているので御座います英良様」

そうだったか、と英良は応え光陣千力羅生門《こうじんせんりきらしょうもん》の言霊を詠唱した。

「我の周囲を強い意志を持った光が射し込んでおりますぞ。これは今まで見たこともなき力素晴らしき光……英良様。何故このような光をその都度放つことができるのか？　我主……恐ろしき力に御座います。ここ厚雲地獄に光が差しておりますぞ……その光に曝され、闇を降ろされた死人が我に返っておる。英良様。行き場を失い地獄の地を徘徊していた者どもが正気を取り戻したように見えます。我等の行く道が開けましたぞ。邪魔する闇どもめが。切り刻んでくれるわ。英良様！　一刻も早く悪意の根源へと辿りつきます。報告をお待ち下され」進む道は暗かった。道の両側は高い山に囲まれており見渡す限り漆黒の闇だけだった。

「我は無雲地獄を越えるところに御座います。英良様。悪意の根源が放ったであろう敵意……お言葉を下さらぬか」毘沙門天は遙か地平線の向こうから殺気を感じた。それは重苦しく光の結界を張り巡らさないと、押しつぶされそうな悪意に満ちていた。

「我の目前に立ちはだかるのは百の獣。悪意の根源が闇を纏わせた地獄の猛獣で御座います。我の剣……羅生門を獅子へと幻獣化させ迎え討ちますぞ。我が剣羅生門を生ける獅子と化し、幾重にも連なる闇の大群を討伐する光力を抱いた光陣へと変化させましょう。闇を纏いし地獄の猛獣には光の幻獣で対抗しますぞ。御力を下され。悪意の根源が放ちし敵意を切り裂き進みますぞ」

英良は頷く。

「素晴らしき御力。羅生門よ獅子と化し、我等の周りに集いし闇魔の力を帯びた闇を斬り裂き百の獣に対抗する群れをなせ。全て滅してくれるわ。仏界最強の我の力……見せてくれるぞ……英良様。余力あれば御力を……力天」毘沙門天は力を放ち続けた。「周りにつどう闇の群を滅してくれましたぞ英良様。美姫様の経の力もここ地獄へ響いております。我は無雲地獄を抜け呵呵地獄へと入りますぞ。必ずや悪意の根源を叩き英良様そして美姫様に迫る闇を払拭致す。報告をお待ち下され」

彷徨う者

異様な湿気を帯びた処だった。霞がかかり毘沙門天の視界を塞いでいた。暫く進み、少しずつ霞が晴れてきたところに毘沙門天は辿り着いた。周囲は黒い岩で囲まれた窪地である。その中心地で毘沙門天はあり得ない光景を目の当たりにした。

「英良様。我は呵呵地獄に御座います。敵意はありませぬ。ご安心下され。ただ理解できないものが我の目の前に現れました英良様。言葉を下さらぬか」

「どうした毘沙門天殿？」

「果てしなく続く闇のただ中では御座いますが……我は不思議な者と遭遇しております」

「不思議な者……？」英良は繰り返す。

「我は今、迷える者と遭遇しております」

「えっ？　誰と……？」

「光を感じるので御座います……英良様」

「光を纏っていると……？」

「かつてはと思われます」

「今はどうなっている？」暫く沈黙が続く。

「この者は地獄におるはずのない……否、いてはならぬ者に御座います」

「光あるものが何かの理由でそこにいるということか毘沙門天殿？」

「御意」

「誰か分かるか？」

「ここにいるのは天の使い……小さき光を持つ者に御座います……！　英良様」

「天使がいると……？」

「否。そうでは御座いませぬ。天界から何かの理由でここまで貶《おとし》められた光を持つ使いと思われます」

「何かの理由とは？」

「詳しい理由は分かりませぬが、ただならぬ様子には違いありませぬ……」毘沙門天は言葉を濁した。

「ただならぬ様子……？」英良は何か嫌な感じがした。

「見たところ、よほどのことがあったのでしょうな英良様。天から地獄の底まで落ちたとは考えにくいが……」

「それでどんな様子だ毘沙門天殿？」

「この者……見る限りではかなりの傷を負っているので御座います」毘沙門天は続ける。

「如何致しましょうか英良様……我は主の言葉に従いましょう」

「……敵意の策略とは考えられないか毘沙門天殿？」

「そのようには見えませぬ。この者は明らかに救うべく天の使い……英良様、このまま見過ごすことはできぬ。どうか我の伝えしこと……聞いて頂けませぬか？」

「分かった……助けよう。少し状況を掴み教えてくれ？」

「御意」

毘沙門天はかつて光を纏っていた者へ近づき声を掛けた。

「如何されました？」毘沙門天は尋ねた。

「貴方様は……？」その者は地獄でいるはずもない容貌魁偉な毘沙門天を見て恐る恐る聞き返した。

「我は毘沙門天、故あってここにおります」毘沙門天は答え「どうされたと？」再び問いただした。

「私は天界で神の使いで御座いました……」その者は答えた。「かつては御座います」

「天界におられたと？」

「左様に御座います」

「差し支えなければ、名とここにいる所以《ゆえん》をお聞かせ願いたいのですが？」毘沙門天は思慮深く聞いた。少し間をおいてその者は答えた。

「私の名はエボシと申します」

「エボシ殿」毘沙門天は言う。「貴方は光を纏っているようですが？」

「左様に御座います。私は天界におりまして神の使いとして人界へ降り人々に神からの言葉を告げておりました」エボシは答える。「ある時、いつも通り光ある者へ神詞を伝えておりました。その時、闇を纏いし者が悪口や讒言を流布し、その光ある者は闇に落ち私はここまで貶められたので御座います」

「またもや闇で御座いますか？」

エボシは頷く。「私には子がおりました。三歳でしたが、病弱で傍に付いていなければならない身体だったのですが、私も自分のことで精一杯だったため四歳で亡くなりました。大事なわが子を失う悲しみは言うに尽くしがたいものが御座います」エボシは続けた。

「そこまで悪意の連鎖が及んでいったので御座いましたか！」毘沙門天は言う。

「闇の力は強く、時の権力や物欲や嘲りに抗しきれず……」エボシは言葉を止めた。「それはもうどうでも良い話、私はこの場所から脱する術を探しておりましたところ貴方様にお会いしたので御座います」

「そのような所以と……承知致しました。我の主も光を持ちたる者、しばし刻を頂けますか？　貴方を天界へ戻すべく尽力しましょうぞ」

「ありがとう御座います」

「英良様、我の言葉を捉えることができるか？」

できる、と英良は答える。

「彷徨う者はやはり闇の策略により、ここへ貶められたようで御座います」毘沙門天は言う。「悪口や讒言の流布により闇の手に掛かったと申しておりました」

「なるほど」と英良は一言言い「天界へ帰そう」と毘沙門天へ告げる。

「御意。我の真意を読みとり下さり有難き御言葉に御座います英良様。では美姫様にお伝えし観音様より治癒の光を授かっては下さらぬか？　天の使いがかなりの傷を負っているとお伝え下さいませ。このままでは天界に帰ることは叶いますまい。英良様のお力もお借りしたく存じます」

英良は頷く。

美姫は教典を前に置き、経文を唱え行に入っていた。外は砂塵が舞い、寺の周囲の木の枝は風にあおられ、サラサラと音を立ててそれが美姫の耳にも入ってきた。美姫は何か胸騒ぎを感じたのか、経を唱えることを中断し、外の様子を見に立ち上がり中庭の木立の上を見た。

「美姫さん。毘沙門天が地獄で光の使いと遭遇したようです。多少傷を負っているのですが、観音様から救う力を頂けませんか？」

「天の使いが傷を……？」

「はい。そのような処に堕ちてしまったことが釈然としないのですが……」

「地獄の深い処に……どうしてでしょうか？」

英良は経緯を話した。

「承知しました英良さん。まずは、傷を治し地獄から天まで帰る力を取り戻さなければなりませんね」美姫は状況を説明し「閻魔の支配する異界ですから、現状では脱出はできないでしょう。とにかく、これから私は読経を限界まで高め観音様から天の使いの者が力を取り戻すため必要な言霊を授かります。そのためには、英良さんの心の平静が必要です」

「というのは？」

「貶められた光のある者を救うのです英良さん……」

「そのために何を？」

「尊い気持ちです英良さん」美姫は一言だけ伝えた。

「尊い……？」英良は聞き返した。「尊い気持ちって？　どういうことですか美姫さん」

「英良さんが光ある方を癒そうとする尊い気持ちがありますか？」

ある、と英良は応える。

「徳も必要なのですよ英良さん」暫く間を置いて美姫は言い返す。

「分かりますね英良さん？」美姫は念を押す。「では始めましょう！　お願いします英良さん」

疑念があると光の力は衰える。美姫の言葉に英良も暗に気が付き意識を集中させた。ここで雑念が入れば力は半減するだろう。自分が犠牲になることは構わない。光の使いを救わねばならない一心に変わっていた。美姫の経を唱える声に力が入る。寺の外では風が強く吹きお堂を見渡す大きな松の木が揺らめく。木の枝が上下に動き、まるで生き物のように歩いて来るような気配を美姫は感じた。

「観音様から光の言霊を授かりました。癒光天帰隠聖《ゆこうてんきいんせい》……傷を癒し天界まで送る力とのことです。毘沙門天に送ってあげて下さい。私は読経を強め続けていきます」美姫は観音から言霊を受け取った。光の使いに力を放ち一気に天界へと引き上げたいとの言葉だった。

英良は雑念を全て払いのけ美姫から受け取った言霊を詠唱した。

「おお……これは。地獄の天空を引き裂いて強大な力を感じる光陣が降り注いでおりますぞ……なんという素晴らしき光……英良様。その光からは癒しの力を感じます」

癒光天帰隠聖の光……その光景は闇を排除する光と見分けが付かないものだったが、明らかに柔らかく暖かな光で金色の光でありながら黄色の光がやや濃く映る。

「英良様。天の使いの傷は、見事癒されておりますぞ」毘沙門天は暫く見ている。「失われた光が取り戻されているのでしょう。使いの者からは漲る力を感じます。もう間もなく天界に帰ることが出きるでしょう。英良様……可能であれば、さらにもう一つ二つ観音様から授かったその御力頂けぬか。一刻も早く使いの者の傷を癒し、我は先へと進まなくてはなりませぬ。英良様。何卒」

英良は再度言霊を唱えた。

「英良様。金色のまばゆい光が降りてきております。今まさに天の使いの傷は癒され光によって包まれております。この力あれば天まで闇に晒されず帰れるでしょう。天の使いは感謝の意をあらわしております。英良様。良き行い……必ず良き出来事が起きますぞ」

光は使いの者を包み込んでいった。光の使いは安堵からか、不安とおそれの表情は消え去っていた。使いの者が顔を上げ、毘沙門天に礼の言葉を告げた。その瞬間、使いは光に乗り空に吸い込まれていった。使いの者が空に消えた後は再び、閻魔の支配する異界の力からそこは闇の霧が蔓延する醜悪な空に変わっていく。

毘沙門天は使いの者が無事空に吸い込まれていくのを暫くの間見守り、完全に姿が見えなくなるのを見届けてから英良に言葉を送ってきた。

「英良様。使いの者は完全に帰還しましたな。空に上っていく刹那我等が戦う理由……英良様と美姫様に迫る闇の力を一掃するため我は地獄を進み、闇の使いを斬り捨てていることを使いの者には伝えておきました。この後も幾多の困難が待ち受けていること、際限ない闇の中を切り裂いていかなければならないことを語りました。光の使いは表情を変えずに我の言葉に聞き入っておりました。何も言葉を放たずに……。それにしても英良様、美姫様、有難き御力添えで御座いました。我は呵呵地獄を抜け奈呵地獄へと突き進みますぞぉ。悪意の根源に近づいております。お待ち下され英良様」

裁きの地

「英良様。我は奈呵地獄を突き進んでおりますが……ここ奈呵地獄は迷路のような地……現世において大罪を犯した人間が、ここ地獄に堕ちその者達が自らの血と肉にまみれた、まさに地獄で御座います。怨霊や餓鬼が迫っておりますが問題御座いません。一刻も早くここ奈呵地獄を抜けますぞ英良様、ここは生前、人界で怒り憎しみ嫉妬を抱き、大罪を犯した者が堕ちた処に御座います。無数の屍が呻き、行くあてのない徘徊をそこで延々と永劫続けていくので御座います」毘沙門天は屍に姿を捕らわれないように先を進んで行き、死角になる大岩を見つけその陰に身を潜めた。

「英良様、我は先刻まで不可思議な闇に追われておりました。罪多き人間の死骸を纏いし餓鬼達。斬り捨てても斬り捨てても蘇りし力を持つ者ども……。我のみでは対処しきれないところを美姫様から頂いた力で奈呵地獄を切り抜けたところで御座います。このまま突き進み羊鳴地獄へと入りますので報告をお待ち下され」


足場はぬかるんでいた。気を抜けば足を取られ、血の池に堕ちるような不安定な地獄の地面。毘沙門天は奇異な光景を捉えた。そこには閻魔の使いの鬼が一体仁王立ちしており、その正面には人間の姿をした一人の女性がひざまずいている。毘沙門天は耳をすましその光景の一部始終を一言も漏らさず聞いていた。

「汝……ここに来たことは知り得ているな……」と使いの鬼は問いただし「私は何故ここにいるのでしょうか？　その理由が分かりません」と女は怯まずに言い返す。

「汝の行った人界での悪行……身に覚えがないとでも申すか……」

「私は一体何をしたというのでしょうか？」

「己が行った仕業も忘れたと申すのか？」

「説明してもらわなければ……私はここに来るはずもなければ、何故、落とされたのかも分かりません」その女は答えようとしなかった。憮然とした表情で相手の問いただしに対し説明を要求する。

「しらを切ると申すのか……」

「私は生前、貴方の言うような悪行をした覚えはありません。私は与えられた仕事をこなし、粛々とその日を過ごしてきただけですから」使いの者に下から睨み返すような視線を投げ返している女に対し、使いの者は冷淡な視線で見つめ返した。その表情には憫笑《びんしょう》も含まれていた。

「それでは見るが良い。汝が行った人界での仕業をここに確かにすると良い」使いの者が指さした血の池には生前の女の行為が映っている。その女は大勢の人前で饒舌《じょうぜつ》に何かを話している。どうやらひときわ目立ちたい性格のようだ。また、上司の横に座り気に入られようとして取り入っている。その後は腰に両手を置き勝ち誇ったように立っている。服装は目立つ赤色でいかにもコーディネートされていた。嫌いな同僚に対しては嘲笑し生息を吐きかけ、前を通った高齢者がつまずくと、これ見よがしに「大丈夫？」と嫌いな同僚の前で偽善的な仕草で言っていた。仕事の自己評価では五段階評価での全て五をつけている。控えめに二や三をつけるところ全てに五だ。嫌いな人間に対してはその悪口や上司への告げ口、最後には讒言を行い失脚をさせ陥れていた。その光景は至極、現実的だ。

その人間の姿をした女の数多くの讒言によって、多数の者が怒りや憎しみを抱き負の感情の渦中に貶められていった。

その女の姿をしたものは反論した。「迷惑をかけた人だからです。だから……」その女の姿をした者の言葉を使いの者は遮った。

「汝は理解していないようだ。人が苦しんでも良いと申すか……」

「迷惑な人は、どうにもならないということです」

「そうではない。己が行った仕業のことを言っておる。どうしてこのような所業《しょぎょう》をした？」使いの者は続ける。「汝は迷惑ではないと申すか！　人間は誰しも少なからず迷惑をかけている。そもそも迷惑というものは、自らを謙《へりくだ》って言うことぞ！　汝のように人に対し指を差していう言葉でないという意味が分からぬか？」

「何がですか！　ちゃんと説明して下さい」お互いの言い分に接点がない。女はわざと話の争点をずらしている。暫く沈黙が続いた。女は反省せず主導権を取り形勢を逆転しようと目論み怯まず使いの者を睨み返した。自分優位な話でことを進め他者へ従う意志は全くないようだ。使いの者の問いただしに一向に答えを示さなかった。

「あああっ……」その女の姿をした者が苦しみだした。

「ううっ……くるし……」その者は両手を胸の所に当て、もがきだした。その両手は喉や胸をかきむしり、やがてその者は両膝をついた状態から、口から泡を吹きそのまま仰向けになっていった。そして顔はただれ、眼球は飛び出し醜い姿となって血の池に堕ちていった。何者か分からないモノが多数いる血の池の中に自らも入っていった。怒り憎しみ貶め、負の感情を持った者の末期か。人間の姿をした女の姿は血の池に沈んだ。

毘沙門天はぬかるみの地を後にした。鉛の色のような空と血の池、そこから溢れ出る血の流れをかわし、毘沙門天は異様な湿気を帯びた須乾提地獄を進んだ。

「英良様。我は羊鳴地獄を抜け須乾提地獄におります。ここはまさに闇で御座います。我が今立っている場所……ここ須乾提地獄には厄介な闇がおるのです……我の光を吸い取り闇の力へと転化させる奇怪な餓鬼の群れ……先ほど実は対峙しておったのですが甘くみておりました。我の力は奪われ敵意に増される……我の剣、羅生門ですら防ぐ力を得られてしまったのです。英良様。観音様にお願いし奇怪な餓鬼の特殊能力を奪う力がないか聞いては下さらぬか。我は身を隠しお待ち致す英良様」

英良は頷く。

毘沙門天は少し小高い岩肌だけの山の中腹に身を隠し、美姫は数珠を両手にかけ合唱し経を唱えていたが、時折背中に電流のようなものを感じ意識が遠のいた。美姫は身動きせず、一心に経を唱えていた。周りの雑音や鳥のさえずりも聞こえない木鶏《もっけい》のように。

「須乾提地獄にいる奇怪な餓鬼の特殊能力を奪う力ですね。分かりました。すぐに観音様に御力を授かります。餓鬼の力を削ぎ、毘沙門天に大きな光を。地獄の底から闇の力を排除しましょう。毘沙門天を悪意の根源へと進めるためすぐにやりましょう。私も読経の限界を超えます。一緒に始めましょう英良さん」美姫は英良の言葉に柔和に答える。

時計の針は午前三時を回っていた。北の空を見るとほの白く夜が明けかかってきた。

「……英良さん。観音様から力を授かりました。これを毘沙門天に放って下さい。玉が見えますか？　それも双玉です。これは闇の力をことごとく滅する力。この特殊な力で餓鬼や魑魅魍魎の能力を奪い弱めます。地獄の敵意といえども暫くは破られない強力な力です。私はこの後も読経を限界に保ちながら続けます。一緒に毘沙門天の進む道を切り開きましょう英良さん」

地獄界の上空に閃光が走り毘沙門天はその光に我が剣『羅生門』をかざし、その光を浴びた。

「なんと強き、その上素晴らしき御力に御座います。周りの餓鬼どもの力が弱まっておりますぞ……」

毘沙門天を取り巻いていた餓鬼達が強い光でしゃがみ込んでしまった。全ての餓鬼が手で目を覆い地面に伏してしまった。

「これならば弱き餓鬼も同然。我の前に立ちはだかる者どもを斬り捨てて先へと進みますぞ英良様。有難きお力」動かない餓鬼には目もくれず、毘沙門天は抵抗する餓鬼を討伐した。

「もうここは問題御座いませぬ。感謝致す英良様」毘沙門天は羅生門を縦横に振りかざし、群がる餓鬼を斬り捨てていった。

宇迦之御魂神《うかのみたまのかみ》の使い

英良は非番の日だったため家の周りを散歩していた。小学校三年生くらいの女の子二人が手を繋ぎ、ベビーカーに赤ちゃんを乗せ三〜四歳の男の子の手を引いて若い母親が歩道を歩いて行く。年配の男性が自転車に乗り一時停止の標識があるのにもかかわらず素通りして進んで行った。ゴミ収集車がゴミステーションの前で止まり、作業員二人が袋に入ったゴミを車へ放り込んでいく。いつもと変わらない当たり前の日常生活がそこにはあった。英良は時間の流れに任せとりとめもなく町中を見て歩き神社へ来た。何か目的があったわけではなく自然と足がこちらへ向いたのか何かに誘《いざな》われように辿り着いた。この日も天気が良く吹く風も心地良かった。鳥居をくぐり石畳を二十メートルほど行ったところに祠はあった。いつも通り両脇には狛犬の石像があり英良は歩いて行った。祠の前の階段には一人の少年が座っていて英良を見ると立ち上がって言った。

「お待ちしておりました」その声は少年ではなく、むしろ青年の声に聞こえた。その青年はとても奇妙な格好をしており頭には相撲の行司が被る烏帽子《えぼし》と左の腰には小柄《こづか》を差し身長は一五〇センチくらいで装束はまさに行司そのものだった。英良は言葉が出ず黙って見ていると、「英良様……如何なさいましたか?」その青年が尋ねる。英良が黙っていると、「英良様?」と再び青年は尋ねる。

「貴方をなんとお呼びして良いのか……」英良は初めて口を利いた。変な声に聞こえた。

「エボシとお呼び下さい英良様」その青年は英良の考えていることを見通したように答えた。

「分かりましたが、これから何を?」

「私と一緒に来て頂けますか英良様?」

英良は軽く頷く。エボシは階段を下りて英良と向かい合い、後ろを向くと、祠の右側へ歩いて行った。背中には赤い房が付いており菊結びのものが二つあった。エボシは祠の右を通り抜け裏側の小径に入っていく。周囲はうっそうとした雑草が子供の背丈ほど伸びていて小径があるものの通る時には両手で払わないと歩けないほどだった。英良は薄手のジャンパーにジーンズで靴はジョギング用のスニーカーを履いてきて良かったと思った。エボシは獣道のような小径を軽快に歩いて行く。身長が一五〇センチほどの人間が大人の英良よりも同じかそれ以上の速さで歩くのは不思議だ。英良がエボシに近づくと、必ずまた一定の距離になり進んでいく。英良は風を切りエボシの背中を見ていると衣装の匂いを感じる。桐の箪笥《たんす》にしまっていたものを取り出してきたような匂いだ。エボシの背中の二つの房は歩くたびに上下左右に小さく揺れた。どれくらい歩いたか分からないくらいだった。英良はたぶん三十分ほど歩いた気がしたので、二キロくらいは歩いただろうと考えた。時々、英良達の前方を雀が飛んで横切り、周りの草が風に吹かれてサラサラと音を立てていた。相変わらずエボシの歩調は衰えず、小径を進むエボシはサーカスで綱渡りをしている芸人か忍者のように運動量の割には赤い菊結びの房を小さく揺らしながら歩いて行く。

「大丈夫ですか英良様？」エボシは尋ねる。

何でもない、と英良は答えた。小径を暫く緩い下り坂が続き、左へ曲がると草の上から赤い屋根の祠が見えてきた。どうやら目的の場所らしいと英良は思った。

先ほどの神社のものより少し小さ目の祠であり、正面には板の階段が十段ほどあり、扉は両開きでエボシは軽く扉を開けた。中は思ったより広く見え部屋の中央には座布団が二組敷かれている。エボシは英良に手前の朱色の厚い座布団に座るよう促し自分は向かい側の丸い薄いつくりの座布団に座った。祠の中は生活感はないものの殺伐とした印象はなく果物か穀物の匂いがした。

「よくおいで下さいました」エボシが言う。

「疲れたのではありませんか？」とエボシが続けて聞くと「そんなことはない」と英良は応える。「申し遅れましたが、私が何故英良様をここまでお連れしたかその理由を説明致します」英良はそういえばそうだと改めて我に返った。

「実は私、宇迦之御魂神《うかのみたまのかみ》の使いで御座います」エボシは初めて自分の素性を明かした。

うかのみたま……。英良は答える。

「そうです、英良様。私は宇迦之御魂神からのお言葉を英良様にお伝えするために人界へとやって参りました」

英良は黙って聞いている。返す言葉がなくエボシが話し終わると柔らかい静寂が二人を包み込んだ。

「宇迦之御魂神は日本に古来存在する神のことです英良様。ご存じでしたか？」

知らない、と英良は答える。

「詳しいことは省かせて頂きます。話は急を要しますので……」エボシは目の表情で話の重要性を示した。

「宇迦之御魂神は英良様のことを大変心配されています」エボシは必要なことを手短に話

した。

「私の何を心配していると？」英良はエボシの喉の辺りを見て口を開いた。

　エボシは暫く間を置きゆっくりと話した。その声はとても聞きやすくはっきりした音声で英良の耳へ入ってくる。

「英良様の元へこの後、八歳の幼子が現れます。それは英良様や周りの仲間にとって運命的な出来事と言って良いでしょう」エボシは言葉を選び視線を下へ向けた。

「八歳の幼子……？」英良は繰り返す。

「そうです英良様」

英良も聞く言葉が見つからず、エボシも英良を見つめたまま静寂が周りを支配した。

「事の顛末から英良様にお伝え致します」

英良は軽く頷く。

「この幼子は不治の病で闘病中の身……どうか英良様の言霊でこの幼子を治癒させて頂けないでしょうか。もし、幼子に近づく闇に抗しきれず、英良様の力が足りない時は……この幼子は後に英良様や周りの仲間にとって大きな災いの元になるでしょう」

「言霊……」英良は繰り返した。

「はい。しかし、はっきり申し上げますと英良様の言霊の力はまだまだ未完成の状態にあるかとお見受けしました」エボシは遠慮がちに告げる。

「今申し上げたとおり、英良様の力は一人の幼子を助ける領域には達しておりません」英良はエボシの話についていけず、だまってエボシの顔を見ている。

「英良様の潜在している力は絶大なもの。それゆえ巷のあらゆるものが、英良様の持ちたる力のところへ近づいてきます。私が先ほど述べたとおり、英良様の力が未完成であるということは、ご自分でその負なる力に対抗する術《すべ》を持っていない……その術を自家薬籠中《じかやくろうちゅう》のものとして使いこなすまでには至っていないという現状なのです。ここまでお分かりでしょうか?」

分からない、と英良は答える。

「そうですか。それではもっと分かりやすくお伝え致しましょう」エボシは少し間を置いた。

「英良様には現在、日本古来の仏が付いております。毘沙門天と広目天に御座います。この二仏は英良様の光を探し出しました。それも運命的なもの」エボシは一呼吸置き、英良も話に聞き入っている。

「ところで英良様は今までご自分を運の良いほうだとは感じられませんでしたか？」エボシが尋ねる。

そうは思わない、と英良は応える。

「そうですか。話を変えましょう。たとえば、家に帰ってきた時ふと時計を見ると全て同じ数字だったとか……一時十一分とか五時五十五分とか、そのような経験が頻繁になかったでしょうか？」エボシは尋ねた。そういえば、買い物をしてレシートをもらった時に、おつりが七百七十七円とか八百八十八円だったことが多々あった。

「多分それに類似したことが多くあったと思います」エボシは英良の心中を見通したかのように言う。

「これらは単なる偶然ではないのです英良様。英良様はとても強運の持ち主であり、英良様が持つ様々な力に人界の事象が反応しているので御座います」

英良は黙って聞いている。

「話が難しくなってきました。話を少し戻しましょう」

英良も頷く。

「もし、英良様の持ちたる力に気付き、悪しき力が近づいてくるとしたら如何致しましょう？」

分からない、と英良は答える。

「先ほど申し上げた古の仏は英良様に来るべくして来たので御座います。それと同じように負なる力も英良様に憑くとしたら？」エボシは具体的に話す。

英良は何も言わず、ただエボシの胸元に視線を落とした。

「このようなことが将来必ず起こります。それも近いうちにです。その幼子を英良様が救うことがかなわず、闇の手に落ちたとしましょう。その時は大きな災いが降りかかると私は申し上げましたが、看過できる事象にはとどまらず禍々しい事態を招くでしょう。少なからず英良様の仲間の誰かを失うかも分かりません。先ほども申し上げた通り英良様はまだ力を使いきれていないのが事実。幼子を救済できずに放置したとしたら、その反動はご自身に降りかかってくるでしょう英良様。宇迦之御魂神はそのことを大変心配しているので御座います」エボシは続ける。

「英良様にはこの幼子の他にも、西洋の神々が付くでしょう。これも当然のこと。英良様には一刻も早く力の開眼をして頂きたいので御座います」エボシは英良の心中を見通そうとするが、英良は何も考えないでいた。

「英良様からは、残念ながら微弱な欲を感じます」エボシは意表を突いて言う。

「欲……」英良は意外だと思った。

「そうです英良様。欲の種類は多くあります。性欲、金銭欲、出世欲、物欲、自己顕示欲、驕奢《きょうしゃ》、虚飾、偽善、欺瞞、これらは塊のように人間の心の中に巣くうもの。その他にも、重荷を避け軽い物ばかり持つ、難しい問題を先送りにするか手を付けない。枚挙にいとまがありません。人間は完璧ではありません。また、間違いは誰しもおかすこと。英良様には心当たりは御座いませんか？」

特にない、と英良は応える。

「そうですか……」エボシは英良の心中を探ろうとした。

多分ない、と英良は言う。室内には少しの静寂が続いた。

「英良様には微弱な欲があると申し上げました。英良様は開眼していませんし完璧でもありません。それは人界にいる者全てに一致すること。はっきり申し上げますと英良様は力を限界まで放ってはいません。それでは進歩しないのです。進歩しないどころか後退するでしょう……英良様。これから現れる幼子に対しては時間を惜しむことなく言霊を掛けて頂きたいので御座います。私も宇迦之御魂神の使いとして英良様にお会いできましたが、長い時間人界にいることができません。この場を離れる時が刻一刻と迫ってきています。もう一刻ほどで私の身体は英良様の肉眼では捉えることができなくなるでしょう。今一度申し上げます。力の開眼をお急ぎ下さい。そして、多くの言霊を幼子に掛けて下さい。時間を惜しむことなく怠惰に流されることなく、幼子をお助け下さい英良様」エボシは英良に論じた。

英良は深く頷いた。

「英良様が持ちたる力は、他者を救うかまたは葬る力に御座います。しかしながら自らへ行使することはかないません。英良様も過去に経験があるかと思いますが、言葉で他者を助けることを施行する力のこと。された覚えはありませんか？」エボシは意味深い笑みを浮かべ尋ねた。

知らない、と英良は答える。

「人界では先ほど申し上げた通り、人の欲が蔓延しております。言葉で他者を貶めるなどの行為が横行していると見受けますが？　英良様はそれを遮ったり、または流されそうになったことがありませんか？」エボシは再度尋ねた。

英良は肯定も否定もせず苦笑いをした。

「良いでしょう。これも後々認識されるはず。ここで改めてご説明する話ではありません。ただ、英良様……ご自分の力を開眼することを怠ってはなりません。神々の目からは決して逃れることはできないのです」外では鳥のさえずりと微風が吹く音しか聞こえない。英良とエボシを囲む空間は時間が止まった異空間のようだ。

「英良様。私は神の使い、実態がありません。それで人間の姿を借りて人界へ降りてきました。そうでもしなければ、英良様と言葉を交わせないからです。これで必要なことは全て英良様へお伝え致しました。間もなく私は消えてしまい英良様の肉眼では捉えきれなくなります」エボシは言葉を一度収めた。英良は身動き一つせず、自分はまるで座禅を組んでいるかのようだと思った。

「それと最後に英良様にお願いがあります」

「何ですか？」英良はエボシの声が改まっているのが気になった。

「ここを出る時に決して、後ろを振り返らないで頂きたいので御座います。英良様」エボシは硬い表情で言った。

「よろしいでしょうか？」エボシは念を押す。

英良が頷くと、エボシは安心した笑みを浮かべた。

「英良様」

はい、と英良は答える。

「私は以前、英良様に命を助けて頂いたことがあります。覚えてはいませんか？」

記憶にない、と英良は言った。

「そのことも良いでしょう。英良様は光を持つお方、これからもご自分の力で光ある者や現世にご助力下さい」エボシは言い、気が付いたように続ける。「それと英良様。英良様は光の衣を纏っておられますね？」

英良は虚を突かれエボシの言葉に返事ができなかった。

「私は光の衣を纏った人間を初めて見ました。過去には山や湖、精霊達や巨木などが光の衣を纏っているのを見たことがありますが、英良様はその光の衣を纏っております。神々に認められた証とも言うのでしょうか。人間が光の衣を纏うことがあるのを目の当たりにして感動を禁じ得ません。これからも崇高な意志をお持ち下さい」とエボシは最後に英良を称賛した。

二人は立ち上がりエボシも英良と一緒に出口へ歩いた。英良は戸外で脱いだスニーカーに足先を入れ、靴ベラがなかったため左右の人差し指を靴ベラ代わりに使った。靴ひもが固く結ばれていたため人差し指がかなり痺れた。後ろを振り返るなと言われなくても、英良は振り向かなかった。英良は性格的に物事に対し未練や執着や愛着を持たなかったので後ろを気にしなかった。ただ、不思議なことに祠ではエボシの視線や気配を感じていたが、そこを離れた時にはエボシの視線や祠の気配が全く感じられなかった。英良はギリシャ神話に登場するオルフェウスと妻のエウリディケの神話を思い出した。約束事を破る禁忌《きんき》を犯すと全てが不毛のものと化してしまうということを。エボシとの約束はその他に力の開眼を怠るなということだったが、どうすれば良いものか英良は考えた。欲の排除と何らかの修行を行えば良いのか。力の開眼を怠ると全てが不毛のものになり、エボシの忠告の通り仲間を失うことになる。そのことはなんとしても避けなければならない。英良は来た時には下りの坂を上っていった。相変わらず草の背丈が煩わしく感じた。帰りの小径を吹く風は何故か冷たく感じスニーカーで踏み込む感触は硬く感じる。

英良は帰りの小径を早足で帰った。来た小径は同じはずなのに往路の風景と復路の風景は全く違うことに改めて気が付く。物の見方や見る方角によって周りの全ての物が違うものに見えてくる。同じ小径までもまるで違うものに見えてくるのは不思議だ。帰る時も何羽かの雀や烏が英良の頭上を飛び交っていった。英良は空腹を感じた。そういえば、朝から何も食べていなかったことに気が付いた。大型トラックが通り過ぎる音やバイクのエンジン音が聞こえてくる。暫く歩いて行くと子供達の遊ぶ声や野球場から金属バットでボールを打つ音が聞こえてくる。それと並行して練習しているチームの選手達の掛け声や気合を入れる声が響いてくる。時間は止まらない。長い時間軸の中に組み込まれている英良を含め世界中の人々やあらゆる事象がその時間軸の中で永遠に先へ進んでいく。英良は帰ったら食事に何を作ろうかあれこれ考えているうちに、元来た神社へと辿り着きほっとした。時計を見ると午後四時。エボシと会って僅か三時間しか経っていない。

幼子

英良はコンビニでフライドチキンとアルコールフリーのビールを買った。コンビニの前は、早朝時は出勤途中のビジネスマンで混雑し、夕方は学生がアルバイト先の居酒屋へ向かうため賑わう。今は午後八時。この時間帯には独特な雰囲気はない。ただ時々、暴走族のバイクが爆音を立てて疾駆した。都会独特のアスファルトとコンクリートの匂いだけが印象的だ。英良は公園のベンチに腰を下ろし、フライドチキンをつまみアルコールフリーのビールを飲んだ。

英良は少し歩くとアーケードの商店街へと突き当たった。ウィークデーということもあり人通りは少なかった。そこに見慣れない風景が英良の目に飛び込んできた。小さい机の上に水晶を置き、黒装束を纏った占い師が商いをしている。その光景は周りの風景とあまりにもかけ離れていた。占い師は黒装束のうえフードを目深にかぶりその表情は見て取れなかった。

「もし……」その占い師は英良が通り過ぎようとすると声を掛ける。

「俺のこと？」辺りには彼しかいなかったのだが、いちおういぶかしげに返事をした。

「貴方の他に誰がおりまする？」しわがれた声が返ってきた。

「何か……？」

「貴方には、これが見て取れますか？」占い師はセピア色の紙を英良に示した。セピア色というより和紙。あるいは布とでもいうのか……年季の入った新聞紙よりも一回り小さな紙を見せた。それにはこう書かれていた。……その瞬間、古い紙の独特な臭いが英良の鼻を突いてきた。また、それと同時に埃というか……たぶん黒カビの臭いだろう。彼は異臭を感じる。

エステル／雅歌／エレミヤ／ナホム／ハガイ
フィレモン／ヨハネ／ヨハネ／ユダネヘミヤ／エステル／雅歌
ガラテア／コロサイ／テモテ／テトス／フィレモン／ヨハネ／ヨハネ／ヨハネ
第一ペテロ 1:11/ルカ24:44/ヨハネ5:39、46/マタイ5:18/マタイ22:29、31、32/マタイ22:29、31、32/詩篇119:89/ヘブル4:12
【tink/setry/fred/123514745874149658745145245145478547548475】

「これは何ですか？」

「文章の最後が神の言葉です。最後の【　】内が見える者ならば神の言葉をもらえます。そうすれば幸福はそなたのものへ。汝に導きを与えるでしょう。神の目に映る貴方は高価で尊いであろう。恐れてはなりません。神はあなたと共にいらっしゃいます」

占い師は語ったが、英良にはさっぱり分からなかった……。

「【　】の中の言葉ですが、見えますがどういう意味ですか？　私には三つの言葉と数字の羅列しか見えませんが？」

「やはり……貴方ならばと思っていました。淵より溢れ出でる負なる者。武たる力と示す者へと強大な敵意が向けられています。貴方の分体とする化身……お気を付け下さい。日増しにその力は増大しております。力備えるよう……来たるべき落日のためにと」

「何故、貴方はそのような事象を把握できるのですか？　私の分身……武たる力？　何が見えますか？」英良は詳しく知りたかった。

「その影しか見えません。私に言えるのも見えるのもそれだけです。そしてその先も見えません。全ては貴方次第と言うことなのでしょう。それでは、御加護があらんことを」

「ありがとう」

「誰にもそれ以上は見えないのです。私の言葉を受け取って頂きお礼申し上げます」

ふと英良は気が付いた……。それは占い師に対してではなく、周りの光景に気が付いたのだ……彼ら二人の傍を通り過ぎていく人達は、誰一人として目を向けない。二人はたかだか四平方メートルの広さの場所にいるのに過ぎない。

ある一種の独特の空間を醸し出していた……否、確かに違う空間を造っていた……それにもかかわらず、誰一人として彼らのことを見なかった。アーケードの空間には小さな子供の声が反響していた。二人並んで会話して歩いて行く年輩の女性も二人には目もくれず通り過ぎて行く。全ての人が二人のことに気が付かないかのように歩いて行く。気が付かないのか、見えないのか……どこにでもあるありふれた光景だからなのか？　黒い衣装を纏った異国情緒を漂わせる人と無精ひげを生やした青年に気が付かないのか？　奇妙な気分だった。

「お気を付けなさい。良いですね？」

英良は返事をする代わりに占い師に、軽く会釈をしてその場を立ち去った。十メートルほど歩いただろうか。ふと振り向き、占い師を見ると彼女はいなかった。机も全て消えていた。片づけて帰ったのだろうか？　それにしては速すぎる。不思議な体験だった。

「またか……」英良は一人呟いた。

英良は当てもなく街を歩く。本屋に入り雑誌のコーナーを回り一冊の週刊誌を手に取り見る。店内は仕事帰りのＯＬなどで混んでいる。彼は単行本を一冊買い店を出る。

英良のところに母が入院していた病院の事務から電話があった。若い女性の声で母の遺留品があるので取りに来てほしいという連絡だったので英良は翌日取りに行き、受付で要件を告げた。暫くして二十代半ばの女性が出てきて英良に対応した。

その女性が持ってきた物は小さな小銭入れで百円硬貨と十円硬貨が入っていた。母のベッドの上にある棚の引き出しにあったもので連絡がかなり遅れて申し訳ないと、その事務の女性職員は英良に謝った。

「ありがとう御座います」英良は一言礼を言い受け取った。周りは何も変わらず昼過ぎだったため人もまばらだった。英良は待合室の端に行き自動販売機で缶コーヒーを一本買って椅子に座り飲んでいた。

「お兄ちゃん……？」誰かが後ろから呼び掛ける。英良は振る返り「えっ？」と声を上げ「君は誰？」と聞く。「かけるだよ」とその少年は答える。

少年は年の頃が七、八歳、服装は白地に小さな子熊を鏤《ちりば》めてプリントされた寝間着を着ている。たった今、ベッドから出てきたように見える。

「かける君か」

「うん。お兄ちゃんは？」

「お兄ちゃんはひでよしって言うんだよ」

「ひでよしお兄ちゃん……」

「そうだよ」と英良は応える。「どうしたの？」こんな場所に小さい子供が一人でいること に違和感を持った英良は尋ねる。

「お友達を探しているんだ」

「友達？」

「そうだよ」少年は屈託なく答える。

「かける君はどこから来たんだい？」

「お部屋だよ」と言い、「入院していてね、とても退屈なんだよお兄ちゃん」と少年はすぐに言った。

「病院には友達はいないのかい？」

「なおみお姉ちゃんがいるよ」

「なおみさん？」

「うん」少年は英良を見上げて言う。「その人ってどんな人なのかな？」

「お姉ちゃんはね、可愛くて優しいよ」と少年は答える。

「それは良かったね」英良が言うと、少年はあくびをする。

「入院はしてるけど、楽しそうだね？」

「そうでもないんだ。お兄ちゃん……」と少年は英良を見上げる。

「なんでかな？」

「だってぼくは病気らしいんだ」少年は答える。「病気？」と英良は少年の顔をのぞき込む。「そう……むずかしい病気だって」

「長く病院にいるんだ？」

「うん。でもね、すごく元気だよ」

「……」英良は言葉に詰まった。「治ったら、お兄ちゃん遊んでくれる？」

「いいよ。どんな病気なの？」と英良は尋ねた。

「それがね、よく分からないんだ。とつぜんくるしくなってね、血をはくんだ」

「先生はなんて言っているの？」

「ぼくにはね、なにも言ってくれないんだ」と少年は言い、「そうなんだ」と英良は返す。

「お兄ちゃん。ぼく友達はなおみお姉ちゃんしかいないんだ。ぼくと友達になってくれないかな？」とかけるが言うと、「いいよ」とだけ英良は答えた。

「お兄ちゃん。そう言えばさっきね、お昼ご飯食べたよ。ぼくね、ちゃんと残さずに食べたよ。ほんとはピーマンが嫌いだけど、ちゃんと食べたよ。えらいかな？　お兄ちゃんは好き嫌いある?」

「お兄ちゃんはね、何でも好きだよ。嫌いな物はないな」

かけるは英良に病院の生活を細かく話してくる。食事、友達それに自分の趣味などを。

「なおみお姉ちゃんと折り紙もしたよ。ペンギン作ったよ。お兄ちゃんも作れる?」

「折り紙は、分からないな」英良は答えた。

「お兄ちゃんは病気したことある? お兄ちゃん、ぼく大きくなったら、正義の味方になるんだ」かけるは言う。

「ぼく大きくなって正義の味方になってお母さんやなおみお姉ちゃんを守るんだ。お兄ちゃんも守ってあげるね」

英良は大きく頷く。

「お兄ちゃん、ご飯食べたくない時あるんだけどね。田ノ上先生に食べなさいって、怒られるんだ。お兄ちゃんもそんな時ってあるかな?」

「かける君、お兄ちゃんも同じだよ。でもね良くなるためにはね、ご飯はちゃんと食べないとね……」と英良は言い「そうなんだね……」とかけるは言う。

「一生懸命頑張って下さいね。神様の光がかける君に届きますように」

「お兄ちゃん、神さまいるのかな？　お兄ちゃん、ぼくね神さま見たことないの。お兄ちゃん、見たことあるのかな？」

「お兄ちゃんも見たことはないけどね……だけど神様はちゃんといるし、かける君のことを見ていますよ。良くなるように、ってね。それとね、毎日一回シャロームと唱えてごらん。おまじないと思っていいから」

「シャロームだね？　やるよお兄ちゃん。眠くなってきた。そろそろ戻るね。お兄ちゃん」

「おやすみ。かける君」英良がそう言うと少年は帰った。英良は彼の後ろ姿を暫く見ていた。

英良はコンビニの袋を持って帰宅し、テレビのニュース番組を観た。いつもと同じことを放送していたのでテレビを消し、風呂に入り髪をドライヤーで乾かしすぐに床に入った。明け方になり、外が明るくなってきた。英良は夢を見た。昨日の少年が英良の傍らにいる。幽霊か……？　英良は少年を凝視したが、少年は昨日の少年とは違う。二人は近くにいるがその距離は遠く、英良は少年の心を捉えきれない。視覚では少年を見ているが、彼は空中をさ迷う鳥のように英良の遥か上にいるようだ。服装は昨日と同じ子熊を鏤めた寝間着を着ている。英良には少年の横顔しか見えないが、何者かに操られているかのように彼から感じられる雰囲気が昨日と違った。

因果応報

「英良様、我は憂鉢羅地獄と拘物頭地獄を凌駕致したところで御座います。憂鉢羅地獄にはかつて広目天が完膚なきまでに敗北した憂鉢羅竜王とその周りには餓鬼の大群が大挙しておりました。我は英良様の力と羅生門で対峙しましたが、分厚い闇を纏いし者、簡単には破ることができませんでしたが、ここで苦戦していた折、以前英良様が助けた天の使いが援軍となり憂鉢羅竜王の闇の衣を剥がし羅生門の力で一気に斬り捨てたので御座います英良様。これも英良様が天を尊び天と光を敬い自らは控えめにしたことによります。恩は必ず返されるということに御座います英良様」と毘沙門天は言い、さらに「その柔らかな一筋の光陣は何を求めることもなく、我からの謝意の光と同じ色を表しながら厳かに引き上がっていったので御座います。その後、拘物頭地獄の入り口に差し掛かり、高さが五間《けん》はある古き門……地獄の門の前、この閻魔の力で封印されし門を東西南北四つの光陣で一時解いたので御座います。閻魔に気付かれることなく古き地獄の門をこじ開けたので御座います」と説明した。「英良様、門をくぐり拘物頭地獄へ入りましたが、ここは多くの餓鬼や人間の臓器が串刺しとなり……流れ出る血汁が地の裂け目へと流れ込んでいる場所に御座いました。ここを抜けるには遠方に見える怨霊の群れを突き抜ける他なく、また群れの中に見える巨大なる獣は地獄の三頭虎《みずとら》。数は十を超えておりましたが、美姫様と観音様のご助力で切り抜けたところに御座います」毘沙門天は状況を話した。「英良様。その時我は周りを見渡したところ奇妙な光景に気が付いたのですが……」

「闇を一掃したのではなかったのか毘沙門天殿」

「ひとまずは落ち着いたのですが今、三頭虎の群れを斬り捨てた我の先には……血汁が流れ込む地の裂け目に通じる細き道が続いていたのです……」

「また新手の敵意でも」

「英良様。裂け目に通じる長い細き道を抜けた先には死霊と蟲が数多く蠢く地……巨大なる壷の中で何者かが何かを作り上げていたのです」

「壷が……どうしたって？」

「血汁が壷へと滴り落ちていたのです英良様……巨大なる壷の側面に何か記していました……」

「何か書かれていたと？」

「御意」

「読めたか毘沙門天殿？」

「巨大なる壷には英良様の名が刻まれておりました。まさしく悪意の根源が英良様に向けるために作りし肉塊……既に巨大なる壷の中では闇の獣が姿を形成しておりました。我は再度、美姫様と観音様の力を借り裁きの雷を降らせる光の言霊を授かり、壷を斬ったので御座います。そこからは内臓が剥き出しとなり人間の血肉と複数の腐った顔を纏う獣。悪意の根源はこれを英良様に向かわせようと企てたので御座います。我は光の剣、羅生門でこやつを斬り捨てましたが、この後、闇の力が勝り羅生門にひびが入ったので御座います。羅生門なくしては悪意の塊に抗することができません。しかしながら、この危機なる事態も美姫様と観音様それに小仏の力により修復に至ったところに御座います。万難を排し元に戻った状態にし、今、我の光の剣、羅生門は以前より増して強大なる力を放っている状態なので御座います英良様」毘沙門天は説明し「これより奥へ進み英良様に迫る悪意の力を駆逐しますぞ英良様」と言い、毘沙門天はさらに地獄の奥へと進むことを告げた。

闇の歪

静かな日々が続いた。英良の住む町もいつも通り物静かで吹く風も柔らかい。そこはどこにでもある普通の町だった。行き交う人達は皆笑顔が絶えない。英良はいつも通り仕事を終え帰宅した。簡単に夕食を済ませ、テレビを観ていると横になり寝てしまった。意識の中に声が聞こえる。

「英良さん観音様から警告です！　闇に動きがある……近き地に不穏な気配を感じ取られたと仰いました！　私達の方へ視線が向いているとのことです。英良さん。経を強めます！　気を抜かず警戒して下さい」

分かったことを伝えると「英良様。広目天で御座います」広目天の警告する声が聞こえた。

「どうした広目天殿？」

「英良様に向け放たれた怨霊を我と神龍が捉え共に対峙し滅したのですが……」

「それで……？」

「呪い札に英良様の名が刻まれております」

「私の名が？」

「御意」

「どうなると？」

「この手の力は術者への痕跡と情報が残る……英良様……西方に闇の歪が浮かび上がっております ぞ。そこに闇を放った敵意が必ずおります。我と神龍……出陣してもよろしいか？ 御力添えを必要とするやもしれぬ……どうか御言葉を下され」

「看過できない。一掃しよう」

「仰せの通りに。西方にある闇の歪へと向かいますぞ。英良様。どうか神龍に御力添え下され。武幻神龍強光纏我《ぶげんりゅうじんきょうこうてんが》を介し神龍に力を注ぎますぞ。五度の言霊をお願い致す英良様！ 我等は歪に向け発ちますぞ」

「武幻神龍強光纏我……」英良は詠唱した。

「英良様。神龍に力が注ぎ込まれております。闇の歪は目前。やはりこの地に怨霊がまみれております。英良様、闇を切り裂き歪を作り出す敵意へと到達します。我の言葉を聞き逃さないで下され」広目天の言葉が響き「闇の歪を作り出す敵意です英良様。姿は小さき餓鬼。しかし禁呪の陣で異空間より敵意を作り出しこちらへ仕向けてきております。英良様、歪もろとも奴を滅さなくては危険ですぞ。どうか観音様に全ての闇を破壊する力を授かっては下さらぬか。我と神龍は敵意をそちらへ向かわせぬようここで食い止めておりますす。どうかお願い致す英良様」何か不可解な動きをしていた餓鬼数体。広目天は神龍に乗り餓鬼の動きを静観した。

「少し時間をくれ広目天殿」

「御意」

「美姫さん、広目天に力を放ちたいのですが。全ての闇を破壊する観音様の力を神龍に与えて下さい」

「広目天が観音様の助力を求めているのですね。分かりました英良さん。読経をさらに強めます。全ての闇を破壊する力……」と美姫は経を唱え「観音様は大きな力が必要だと仰いました。〝覆闇全光転架《ふくあんぜんこうてんか》〟の力が必要です。でも余力ないなら……三度ほど集めて下さい英良さん。授かれるまで広目天には耐え切ってもらいましょう」美姫は無理強いせずに言う。

「覆闇全光転架……」英良は唱える。

「闇が作り出す力を全て壊滅させる光……私は力の限りを注ぎます。これで授かれます英良さん。

〝八陣改光二十二陣滅全《はちじんかいこうにそじじんめつぜん》〟これを五度集めて下さい。広目天に助力し近づこうとしている敵意を滅しましょう」

「八陣改光二十二陣滅全……」美姫との言霊の交わりは続く。

「授かりました。これです英良さん、これを広目天に……破魔天唐光大鏡《はまてんとうこうおおかがみ》。読経を続けています。敵意を滅しましょう」

「破魔天唐光大鏡……」英良は放つ。

「素晴らしき御力で御座います。光が闇を一つ残らず飲み込む……英良様、まだ力残す怨霊を神龍に食わせますぞ。武幻神龍強光纏我。三度の御力下され。これで全滅させますぞ。我は闇の歪を完全に破壊します」神龍は臙脂《えんじ》色の光を帯びた。縦横に動き遠方から見ると夕日の色を彷彿する。

「武幻神龍強光纏我……武幻神龍強光纏我……武幻神龍強光纏我……」英良は続ける。

「全滅させてくれましたぞ英良様。闇の歪も滅し歪を作りし敵意も粉砕しました。英良様。この者は悪意の根源の側近でしょうぞ。悪意の根源がこやつに纏わせたと思われる闇の色……これを言霊としますぞ。言化闇力戒闇《ごんけあんりきじゅうあん》の力を込めた言霊を毘沙門天に送ってはくれぬか英良様。悪意の根源との対峙に必ず役立ちますぞ。我等は英良様周辺へ戻り引き続き警戒致す」

英良は目を覚まし時計を見ると午後十一時、早いもので二仏と出会って二年が経つ。左腕に筋肉痛を感じたが、英良は立ち上がりテレビを消し着替えて就寝した。

怨の結界

「英良様。我は無事拘物頭地獄を抜け分陀利地獄へと進んでおります……この地を抜ければ悪意の根源がいる最終地獄、鉢頭摩地獄で御座います。やはり地獄の最下層……見たこともなき闇と餓鬼が多く存在しております英良様。無駄な戦いは避け進みます……何かあればすぐに交信致しますぞ」

英良は軽く返事をした。

「これは……英良様。広目天が我に伝えたき意図。受け取りましたぞ……闇の纏う力は閻魔と同様の色。閻魔に力を乞うておったか悪意の根源。英良様、強き敵意だが策は討てる。我は悪意の根源目指し突き進みますぞ」


「続いていた微熱が悪化したようで……観音様の御声も聞こえない状況となってしまっています……英良さん……今日一日休んで……明日までに完全に力を取り戻します！　無理をするからこうなる……分かっていても……いつもこうですね……私……」美姫は連日の無理がたたったのか、消え入りそうな声が伝わってきた。

「今日はお休み下さい美姫さん」英良は美姫に言う。

「英良様。無限の如く広き分陀利地獄を進んでおります！　閻魔が地獄の光を排除させるために使わせたであろう異形の闇が蔓延しておる……英良様。一度言葉を交わせぬか」

「どうした毘沙門天殿」

「悪意の根源は閻魔に助力を求めている可能性がありますぞ。ここ分陀利地獄を抜けるには我の目前にある土城《どじょう》のような要塞を抜ける必要があります」

「悪意を感じると？」

「御意」

「でも通過するだけと考えて良いか？」英良が尋ねると「そうとは言い切れませんぞ英良様。そこを守る者か、はたまた閻魔の使いか。鎧を纏いし巨大なる餓鬼がおります。たった一体……相当なる強さを持つ敵意でしょうぞ。英良様……御力添え下さらないか。我はそやつと新生羅生門にて対峙しなくてはなりませぬ」毘沙門天からは妥協しない言葉が返ってくる。

「進もう毘沙門天殿」英良も腹を決めて応えた。

「では英良様の御助力と共に土城を守る大餓鬼と対峙しますぞ……見せましょうぞ。新生羅生門の力を。英良様、羅生門に英良様の御力を注いで下され。獅子転生羅生門、十の言霊を我へ。力が溜まり次第新生羅生門にて大餓鬼を切り崩してくれますぞ。お願い致す。英良様」

英良は言霊を唱えた。

「英良様。有難きお力に御座いました。新生羅生門は僅か一撃で、強固な鎧と巨大なる餓鬼を真っ二つに滅しました。何故これほどまでに我主……英良様は強大な力を放てるのか！　素晴らしき御力。我は土城に進みますぞ。敵意の存在を感じます……いくら羅生門がより強力となっているとはいえ……無駄な戦いは避け、この土城を攻略し最終地獄へと抜けますぞ。我からの言葉を逃さないで下され英良様」

本堂へと続く廊下を美姫は歩いていくが、足の裏に感じる触感は冷たすぎるものがあった。美姫は途中洗面所に寄り蛇口から水を手にすくい顔を洗った。冷たい水が心地良い。両目の下は窪み、髪が両方の頬から口元へと垂れ下がっている自分の顔が鏡の向こうにある。その青白い顔に疲労感は否めない。（ふ～っ）自然にため息が出た。

「力を取り戻しました……完全とは言えませんが……観音様の御声も捉えられます。二日寝たきりの状態なんて今はあり得ません。これから経を読み上げます……英良さん……闇が蔓延する日々……何かおかしなことあればすぐに言って下さい。私は力の限り頑張りますから……」

「毘沙門天は最終地へと向かっています。闇の力が強くなっていますね……」

「今毘沙門天はどんな力を求めているのですか？」

「分からないのです。どのような力が必要か先が読めない」

「英良さん。観音様と対応できるようしていますが……大丈夫でしょうか？」

「ええ……毘沙門天からの言葉を待っているところです。でもまだ火急の言葉を感じない。暫く様子を見ます」

「そうですか。それなら私も経を続けます」

美姫は経を唱えた。一人だと広すぎるお堂に美姫の声が反響する。どれくらい時間が経っただろうか……何も聞こえない。自分がどこにいるのか……自分の身体が空間のどの位置に占めているのか認識できなかった。不思議な感覚が美姫を支配した。目を閉じている真っ暗な景色の向こうに小さな煌めきが見える。その色は白と銀。形ははっきりと分からないが、ゆっくりと回っていた。美姫の感情の中に幼い頃の記憶が蘇ってきた。何故だろう？　何だろう？　不思議な感覚になる。この感情は何だろう。重苦しい……鈍く暗い……何？　ここは……？　美姫の感情に覆い被さるように急激に睡魔が襲ってきた。心地良い風が美姫の頬に当たる。美姫は疲れから、その場に寝た。暖かいものが美姫の身体を包んだ。父親だった。父親が毛布を美姫にかけたのだった。お父さん……。幼い時の記憶が蘇る。子供の美姫の右手は父親の左手を握っていた。するとすぐに、突然前方が光り出したかと思うとまぶしさの余り美姫は条件反射で右手で光を遮った。繋がれていた父親との手は離れていく。父親は光の中に吸い込まれていくようだった。父親の肩幅の広さと大きな背中が印象的だった。光で父親の身体が朧気ながら一本の細長い影に見えてきた。

「美姫……」誰かが呼んでいる声が聞こえる。

「美姫……」父親の重里が両手で美姫の両肩を揺り動かしていた。

「お父さん……」美姫は目の焦点が定まらない。そんな美姫を見て「大丈夫なのか？」と表情を変えないで父は尋ねる。「ええ……」と美姫は答える。「いい加減もう部屋で寝た方がいい」明らかに父は心配していた。「でも……」美姫は体調が回復したように感じたので父親の言う通りに従おうとはしなかった。

「今何時か分かっているか？」

「……」

「無理はするなよ」重里は余計なことは言わずに全て娘の意志に委ねた。「はい。お父さん」美姫は父の顔を見ずに答える。

「英良様。我は今土城前で御座います。行く手を遮るかのように立ちはだかる巨城……ここに敵意があるのは既に感じ取っておりますぞ英良様。そして光の者が入れぬよう怨の結界が張られておるので御座います」

「怨の結界……」英良は呟いた。「御意に御座います。この怨の結界があれば突入は不可……それにこの膨大なる結界を破るには巨大な光が必要となり敵意に我が知られることとなりましょう」

「それはまずい……」どうすれば良いか。

「敵意だけでなく閻魔に目を付けられれば絶対絶命で御座います。英良様……」

「……うん」と英良はただ返事をする。

「観音様にお願いし我のみが抜けられるくらいの力……怨の結界を我の目前のみ一時的に滅す光の言霊を授かってはくれぬか!?　突破すれば我は無理な戦いを避けます。どうかお願い致す」毘沙門天は言う。

「分かった毘沙門天殿……やってみよう」

「お待ち致す英良様」毘沙門天は英良を信じていた。

英良は近くのコンビニへ行きレーズンパンとサンドイッチを買った。コンビニの暖房の風が英良の顔に当たると赤く染まった自分の顔がドリンクコーナーの上のミラーに映し出された。英良は暖房の効いた建物に入ると顔が火照ってしまうのだった。三月に入ってもまだ寒い。時間ばかりが過ぎていく。レジの前の棚にはおはぎが並んでいた。「彼岸か……」レジを打っていたオーナーらしき人が「おはぎどうですか？」と勧めていたが、「いえ……」英良はただ笑った。店のオーナーは英良が常連客なため気さくに声を掛けてきた。英良は話すことは面倒ではなくいつも笑顔で対応した。部屋に戻り買ってきたサンドイッチを食べた。ハムと野菜が挟まったものだった。自分で沸かしたコーヒーを飲み椅子に腰掛けた。「ふう」と深くため息をつき、サンドイッチを平らげた。新聞のテレビ欄を見た。何もしない時間が過ぎていった。英良はソファーに横になった。

「どれだけの力が必要になるか分かりません英良さん。限界が見えているのなら光を放っても無駄になる可能性すらあります。毘沙門天の周囲に敵意はないんですか？」うたた寝した英良の脳裏に美姫の声が聞こえた。「敵意がないんですね？　光が放てないなら無理ですよ英良さん。どうするんですか？　観音様も一緒です」

「英良様」と今度は毘沙門天が言う。

「毘沙門天殿、すまない。今はまだ放てる力がないのだ」と英良は答える。

「力不足か英良様。仕方ありませぬ！　我は身を隠しますぞ！」毘沙門天から言われた英良は罪責感を持った。

「暫く待ってくれ毘沙門天殿」と英良はただ言葉を返す。

「お急ぎ下され英良様」

「必ず……」

「御意、英良様！」

「これから経を読み上げます。観音様は今日も気を抜かず警戒に努めるようにと御言葉を下さいました。依然蔓延する闇……私は全ての力をこれから注ぎます。闇の痕跡があちこちで確認されている……闇が近づけば何かが起きます。当然良くないことが……英良さん！　些細なことも見逃さないで下さい、何かあったらすぐ言葉を……」

「英良様。引き続き身を隠しておるが……その後どうなっておるか？」毘沙門天が言う。

「ぬぅ……闇の陣が……」闇が毘沙門天の周囲を囲んでいた。

「英良様。古光陣《いにしえのこうじん》二十二戎《にそじかい》……そう……美姫様に……お伝え……下され……」

「え……？」

「闇の包囲網を打ち破る……一つの奥義に御座います……」

「……分かった」とだけ答えた。「美姫さん……」雑念を払い、英良は集中し言葉を放つ。

「はい……」

「美姫さん。毘沙門天からの言葉を伝えます。古光陣二十二戎と言っていますが……分かりますか？」

「古光陣二十二戎」

「そうです。光の奥義ですか？」

「はい。仏界に伝わる奥義です。観音様に今この光を放てるか話してみましょう」そう言うと、少し間があったが、「少し時間を下さい。二十分ほど待ってくれますか？」

「分かりました……」

「英良さん観音様にお伝えしました。強き古の力……相当なる負荷がかかりますが……私やります。毘沙門天の主である英良さんから毘沙門天の元へ力流し込みます。二十陣の力を作り上げます。やりましょう英良さん。いいですね？

観音様が力込めた言霊です。

第一陣【如《じょ》】私に返還し力を」と言われ突然、英良の意識が覚醒した。英良は美姫からの言葉を詠唱した。第二陣【迭《てつ》】……第三陣【衝《しょう》】……第四陣【倖《こう》】……「意識が落ちそうですが……乗り越えます！　第伍陣【院《いん》】……耐えます……毘沙門天のために……！第六陣【凰《ほう》】……第七陣【遁《とん》】……第八陣【蜀《しょく》】……毘沙門天……なんとか耐えて……英良さん。私乗り越えます……第九陣【極《ごく》】第十陣【賢《けん》】ここへきて……さらに力が強く……負荷が凄いです……第十一陣【覇國《はこく》】……第十二陣【翼遜《よくそん》】第十三陣【恍転《こうてん》】……第十四陣【殲燈《せんとう》】……第十伍陣【東叉《そくしゃ》】……第十六陣【鐸光《たくこう》】やりきります……たとえ意識が飛んでも……第十七陣【世鉾《せほこ》】」「なんとしても救いましょう美姫さん」英良は美姫を励ました。「はい……なんとしても毘沙門天を救い出します……第十八陣【獅劉《しりゅう》】第十九陣【斯偏界《しへんかい》】……第二十陣【三千世界《さんぜんせかい》】毘沙門天を……守ります……第二十一陣【鬼滅牟戎《きめつむかい》】これで……一気に……毘沙門天に……力が流れる……はず……です！　第二十二陣【光陣《こうじん》二十二戎《にそじかい》】後は……頼みます英良さん……」そこで美姫の声は途切れた。

「光陣二十二戎の力が流れ込み……闇の陣が……消える……有難き御力……！　英良様。死六将《しろくしょう》ですぞ。対峙し滅しますぞ英良様。どうか御助力下され」前方に強大な闇が現れた。それを見て毘沙門天は主の英良の助力を求めた。「死六将五体を相手はちときついかいか？」

……力天、力天、力天、御助力なければ敵わん。一度退きますぞ英良様。何故言葉すらないか？」

「退いてくれ毘沙門天殿」英良は疲れ切って言った。

「既に退いておりますぞ英良様。身を隠しております」

「すまない。今はもう力を放てない、毘沙門天殿」

「御助力願える時に対峙……これで良いか英良様？」

「そうだな…」

「御意、英良様。御指示に従いますぞ」

壁

「まずい英良様、御言葉を下され。死六将に我の居場所掴まれたやも知れぬ。英良様、我の言葉届かぬか」

「……退いてくれ……毘沙門天殿……」英良の言葉は途切れる。

「退き続けておるが……埒があかぬ。英良様、何故……死六将に追い込まれれば我とて滅される。英良様……我は岩場に追い込まれ隠れておるが……何故……逃げ道は御座いませぬ。英良様！　御言葉を」

「……毘……門天……」

英良の光は閻魔の降り下ろす幾重もの闇の壁に遮されていった。

美姫からの警告する言葉が届く。

「観音様は仰いました。以前、英良さんのために張った陽の結界が既に消えかかっている……何度も闇が近づいた痕跡もあると……英良さん。私は観音様に陽の結界より強き陣の法を得ました。敵意寄せ付けぬ強き陣を張りませんか？　言葉を下さい。経を読み上げながら待っています」美姫は静かに目を閉じ大きく深呼吸した。

「私が伝えたこと……まだ確認してなかったりしますか？　以前、英良さんのために張った陽の結界が既に消えかかっていると観音様は仰いました！　陽の結界より強き陣の法を得たので連絡下さい。闇が増える今……跳ね除ける力を降ろしましょう。忙しいでしょうか英良さん？　強き陣を作り上げるには二人の力が必要です。すぐに対応できるよう経を高め言葉待っていますが……陽の結界が消えたら危険ですよ英良さん」

何も返事がない。

「不必要でしょうか、英良さんを守る新たな陣？　以前に作り上げた結界は既になくなる寸前……闇が日々近づく今……新たな強き陣を張ろうかと何度も声を届けました。もう少し経を読み上げいつでも対応できるよう待っています。英良さん？　連絡下さい」美姫は言い、「弁財天がいない今……結界を強くしないと散財だって悪化する可能性もあります。全ては英良さんのために……そう思って得た力ですが……不要ということですね英良さん」と続ける。

「今は必要ないと判断しましょう。ずっと待っていましたが……言葉がない状況です。仕方ないですね……小仏様が集まっているので……経を止め座禅を組みます英良さん」

美姫は失望感を禁じ得なかった。「これから経を読み上げます。英良さん。観音様が仏界から何か報告を受けているそうです……。大きな問題があったと少し御言葉を授かりましたが心配なる状況です。仏界の惨事は人間界に響く。意志を高め経を読み上げていまず」

「我との……契りが……何かの力に邪魔されておる……英良様！　死六将が我等の契りに何かしておるのやも知れぬ。美姫様に……どうかお伝え下され……契りが……消えかけ……死六将に追い込まれ……た……英良様……我を……見捨てるか……」

「何か胸騒ぎがします……観音様の警告なる御言葉は続いていますが……それだけじゃなく胸騒ぎがするんです。耳鳴りも止まない状況……英良さん。何かおかしなことがあればすぐに教えて下さい。経を強め周囲を警戒していますから。連日の不安は払拭できません……何かが起こり得る可能性があります。観音様の警告も増している状況。私は気を抜かず経を強めています英良さん。何かあったらすぐに言葉を下さい」美姫は諦めなかった。

「英良さん。言葉を下さい。毘沙門天の光が消えたと仏界で大変な騒ぎなんですよ。そこに尽力していたんです。広目天も一時戻っていると思います。英良さんは毘沙門天の窮地に気付かなかったのですか？」

「知っていましたよ。毘沙門天が窮地に陥っていることは」

「やっぱり……何がどうなっているんですか……」

「悪意です美姫さん。我々の言葉が遮断されている。毘沙門天の居所が分からないのです」

「そうだったんですか……それじゃ私と観音様で毘沙門天の状況を探ります。英良さんは毘沙門天からの光を捉えて下さい。観音様は仰いました……判断を誤れば大変なことになると。私は毘沙門天の痕跡を辿ります」美姫は英良へ注意を促し暫くして英良に告げた。

「英良さん。毘沙門天の痕跡を見つけました。言葉を下さい……毘沙門天ですが……やはり何かあったのは間違いありません……。痕跡が敵意の岩城《いわしろ》に続いていると……間違いなく捕らえられている……英良さん！　なにより状況が掴めなくは先へと進めません。観音様が仏界からなんとか交信がとれるほどの強き光を得てくれるそうです。力を……光を蓄えておいて下さい」美姫は言う。

「蔓延している負の気配を排除しなければ……分かりました美姫さん。やりましょう」英良は答える。

「はい。毘沙門天が滅されること……つまり英良さんに忍び寄る敵意が増すということです。……なんとしてもやりましょう」と言い「英良さん。観音様は仰いました。共に協力して闇を祓う時が来ていると……私はいつでも対応可能です。いつでも言葉を下さい。幸いに熱は出ていません。経の限界突破に入ります。毘沙門天は敵意の集まる岩城にいるはず……英良さん！　これより観音様から毘沙門天との契り取り戻す法を得ます。光は荒々しく毘沙門天を徳へと導くが如くえびすへと転じるよう、英良さん十の言霊を集めて下さい‼　経の限界突破に入ります。これで……毘沙門天から言葉が来るはず……もし入らなかったら……毘沙門天は滅されているということです……」

「英良様……我の言葉……届くか……！」毘沙門天から言葉が届いた。

「毘沙門天殿……」

「我は……捕らえられた……死六将の猛攻にあい……英良様……闇の鎖にて繋がれておる……どうか敵意の目を盗んで……この闇の鎖断ち切る力を……」毘沙門天の言葉はここで途切れてしまった。英良はひとまず安堵したが、自分の怠惰な行為から毘沙門天が危機に陥ったことを悔やんだ。英良はいつも感じる。大事なことをいつも先送りにして、切羽詰まって片づける。それがいつも自分を追いつめている。これではいけないと思いつつ改善がされていない自分をいつも後悔する。「良かった……」と英良は一人呟く。

「美姫さん毘沙門天は無事です」

「良かった……英良さん。どんな状況ですか？」

「闇の力に捕らえられ闇の鎖にて繋がれています。なんとしても救わなければ……手伝って下さい美姫さん」

「観音様に闇の鎖断ち切る御力を授かります！　英良さん……経を全開まで高めます。闇《あん》戎《じゅう》鎖《さ》特《とく》紳《しん》牟《む》。これを五度程度集めて下さい」英良から送られてくる言葉に呼応して美姫は必死に経を唱え、「授かりました……これです！　闇《あん》滅《めつ》殊《しゅ》戎《じゅう》殲《せん》即《そく》是《ぜ》光《こう》これを鎖断ち切れるまで毘沙門天の指示に従い放ってあげて下さい……強烈な光なので敵意に見つからないようお願いします」

「ありがとう御座います美姫さん」英良は礼を言い、すぐに言霊を放った。

「英良様ぁ！　何故急に光をぉ……我を監視する敵意に暴かれる！　ぬぅうぁおおお！　我の身体……切り刻まれる……！　ぅうおおおおお」

「毘沙門天殿…？」英良は唖然とした……。

「ぐぅぅおおお……英良様……監視は今の光を……警戒しておる……どうか……我の言葉で……光を……放って下され……」

「美姫さん。毘沙門天への言霊で毘沙門天が窮地に陥ったぞ！　どうなっている？」

「毘沙門天の指示にって、伝えたではないですか英良さん」と美姫も反論し「観音様に御言葉を授かりましたが……毘沙門天に耐えてもらうしかないと……事細かく伝えればよかった……ごめんなさい英良さん……毘沙門天は大丈夫ですか？　それが一番心配です」

美姫は昂った気持ちを抑えた。英良も怒りを美姫にぶつけたことを反省し「悪かった美姫さん。私の機転が利かないばかりに自分を追い込んでしまった。謝ります」

「いいえ謝らなくても……分かりましたから！　私も経を強めています！　私が経を強めている間はずっとさっきの言霊に力込められます。今度は毘沙門天の指示に従い言霊を鎖に放ってあげて下さい！」

「ええ、今度は判断を誤らないようにやります美姫さん」

「はい。闇の痕跡がいくつも確認されています。英良さんに忍び寄る影がある以上、気を抜かないで下さい。私はこれから経を読み上げます。観音様の御言葉に従って力を放ちます。何かあればいつでも声を届けて下さい。観音様は今この瞬間に集中するよう御言葉を下さいました……気の抜けぬ闇の動き……私は力の限りを経に注ぎます。英良さん、何かあればいつでも言葉下さい。すぐ対応します」

英良は了解したと、頷いた。

「毘沙門天殿。大丈夫か？」

「なんとか……無事で御座います……英良様……監視の目を盗みますぞ……我の言葉……逃さないで下され……」

「失敗は禁物。一回で決めよう毘沙門天殿」

「今ならば監視の目を盗める……英良様。闇鎖断ち切る力……五程度の力注いで下されぇ」

英良から放たれた光が鎖に浸透し鎖が微妙に揺れた。

「素晴らしき力……しかしこの鎖……閻魔の闇が注がれている……一筋縄ではいかぬぞ英良様…。監視が戻る……機をみて鎖断ち切るしか法は御座いませぬ！」

「そうだな」

「英良様。監視が近くにおりますが、敵意は近き内に人間界へ大量に死霊を放つと。標的は英良様か美姫様と話しておうた。英良様。危険なる状況ですぞ」

「分かっている毘沙門天殿。そんなことは放っておいて今は鎖に集中するぞ」

「御意、英良様。まずはこの鎖断ち切るまで……辛抱ですな。監視は近きにおりますぞ。英良様……そしてもう一つ。我の処刑は数日以内だと……」

「そんなことができるのか」

「頼もしき御言葉。我を解き放って下されば周囲の敵意殲滅してくれるわ」毘沙門天は周囲の監視を細かく見て「英良様、監視の目がそれた！　今が好機……五の言霊を鎖へ」毘沙門天から言葉があり、英良は瞬時に言霊を放った。

「なんとか暴かれず鎖に響いたぞ英良様。あと数回で鎖断ち切れる……我の言葉をお待ち下され英良様」

「分かった……」なんとかここまでこぎ着けたか。英良は少し安堵した刹那「見つかったか……。英良様！　まずい……ぐぅうおおおお……」

監視に見つかったか、英良は上手くいかないことが歯がゆかった。

「ぬぅ……なんとか滅されずに済んだか……英良様……光を一瞬捉えられ……警戒の目が増えた……暫し様子を見るしかありませぬな英良様……」

「焦ることはない」

「御意、英良様！　好機をみてまた言葉届けますぞ……」

「そうだな。明日の夕方やろう毘沙門天殿」

「明日の夕刻……御意英良様！」

「英良様！　好機が近づいておる！　御言葉を下され。監視の目がそれておりますぞ英良様！　御力を十程度注いで下され」

英良は準備していたため対応は早かった。

「素晴らしき光……英良様！　あと一息で御座います！　闇鎖は千切れる寸前！　監視が戻りました……抜け出す時は近いですぞ」

「そうだな。後は抜け出してからが問題だ」

「抜け出て対峙となるでしょうぞ！　さらに御力の準備をお願い致す！　闇鎖切れようともここ敵地の岩城を抜けなくてはならぬ！　英良様！　何卒」毘沙門天は周囲の緊迫感を捉えていた。

「監視の餓鬼どもは何かに呼ばれ行き来を繰り返しておる！　英良様！　この好機……見逃せぬぞ」

「慌てることはないぞ毘沙門天殿。機会は必ず来る」

「御意、英良様！　状況を見て御言葉届けますぞ……どうか待機下され」

「待っている毘沙門天殿」

暫く沈黙が続いた。「英良様！　今まさに好機。十の言霊を闇鎖に注いで下され」毘沙門天は合図をし、英良は好機を見逃さずに毘沙門天へ言霊を放った。

「素晴らしき御力。間もなく鎖断ち切れる。一度力放てば間違いなく……しかし監視の目が戻った。英良様。次の合図で光放って頂き……脱しますぞ」

「暫く様子見だな。じきに隙ができる。大丈夫だ」

「英良様……監視が動きませぬな……」

英良は頷く。

「人間の刻にして明日が終わる時……我の処刑と情報を得ました……最後の日……明日にかけましょうぞ英良様！」

「待つしかないな。一瞬の隙を突こう毘沙門天殿」

「御意、英良様。信じておりますぞ！　必ずや！　我は敵意蹴散らしここを抜けてみせる！　明日……頼みますぞ英良様」

「その時は最大の力を放とう毘沙門天殿」

「御意英良様！　そのように致す」

「英良様。準備は宜しいか。監視の目が近く緩む。その時に一気に闇鎖破壊し、我はここを抜け多くの敵意と対峙に入りますぞ。死六将をまとめあげる頭領が出たら退く……全て相手するには手強すぎる相手で御座います。とにかくこの岩城を抜けることに集中致す。……英良様。時を待たずに好機が来ましたぞ。容易く……。英良様……闇鎖断ち切る光……十の言霊を注いで下され」

英良は力を込めて唱えた。

「闇鎖断ち切ったり！　一気に周辺の餓鬼を討つぞ英良様！　力天！　一気に上層へ抜けますぞ。出たな死六将。英良様、一体なら倒せる。羅生門に御力を……光力千陣羅生門《こうりきせんじんらしょうもん》……十の言霊を頼もう」

「いくぞ毘沙門天殿」

英良は言い言霊を唱えた。それは繋がりやがて螺旋状の光輪となって毘沙門天の頭上から降り注ぐ。

「素晴らしき御力。叩き斬ってくれるわ。力天、力天、力天！　討ち取ったりぃ……残り四体。頭領が我に向う前にここを抜ける。あと二層上じゃ英良様、力天、力天、力天……」

「過信するなよ毘沙門天殿」

「勿論で御座います英良様。しかしここは敵意の根城。餓鬼と死霊！　魑魅魍魎が襲いかかる……力天、力天、力天……この強大なる力……死六将頭領が近づいておる。英良様。一気に抜けるぞ……力天、力天、力天……」

「毘沙門天殿、周りの状況を教えてくれ」

「御意、英良様。我の思うに死六将残り五体……岩城の出口で我を待ち構えておるはず。暫しここで身を隠そうと思う。崩れ去った瓦礫の端じゃ……良いか英良様？　御指示を」

「それで良い毘沙門天殿。退くべき時は退こう。まず、今は身を隠してくれ良いか？」

「御意。暫しここに身を隠す……しかし、判断を誤れば滅されるぞ英良様」と毘沙門天が念を押す。

再会

「ここは人界で捉えられた光の者が連れて来られた場所か英良様……。次々と運ばれる魂や光の者……犬なる天使までも……許せぬな闇め」毘沙門天の少し先を光が数珠繋ぎになって通り過ぎて行く。それは黒い闇を背景にした異様な光景だった。

「犬の天使？　……それは本当か毘沙門天殿。その犬の天使は以前、私が毘沙門天殿に話した新しい光の仲間。つい先日、闇に飲まれて行方知れずになった者ではないか……」

「犬なる天使は以前英良様が仰った者か！　なんという奇遇……助けるべく我が動くか英良様」と毘沙門天が言うと「助けよう」と英良は返す。

「御意、英良様……これも天命……我は再度魂の幽閉地へと降りる。餓鬼がわんさかおりますが……やるしかありませんな。羅生門に御力を溜めて下され……英良様の強い意志を羅生門へ注いで下され。光力千陣羅生門……十の言霊をここへ」

「分かった。しかしまずは体制を整えよう毘沙門天殿」

「御意、英良様。羅生門に力溜まったら幽閉地へと降ります。待ちましょうぞ」

英良は溜めた力を一旦、毘沙門天へ放った。

「素晴らしき御力ぁ。一気に幽閉地へと降りますぞ。餓鬼どもめぇ。切り刻んでくれるわぁ。餓鬼を切り崩し再度最下層の幽閉地へ到達したが……我の捕らえられし牢とは別にこんな地が広がっていたか…犬の天使の光掴めぬほど多い光……英良様。これらの光全てを救うのか？」

「無理だ毘沙門天殿。全てを救うとしたら共倒れになる恐れがある。そこは閻魔が支配している異界。予想も付かない闇が現れるだろう」

「御意、英良様。それが最良なる判断。多くを救えば多くが滅される恐れがある。慎重に天使へと近づき捉えますぞ」

「そうだな」英良は闇の中へ多くの光を射し込むことは得策ではないと判断し、毘沙門天も頷いた。


毘沙門天は四方を探した。ふと小さな祠を偶然目にし、微弱な光を捉えた。中を覗くと、小さな犬が怯えながら毘沙門天を見上げている。毘沙門天が手を差し出すと、天使は前足を毘沙門天の手に載せた。「心配致すな」毘沙門天は声を掛ける。天使はその声に静かに応えた。

「天使捉えた！　英良様……慎重に上層へと抜けますぞ！　天使の光は既に小さく消滅寸前……まずはここから脱さなくてはならぬな」

「周りには強大な闇の力が蔓延している。大事にいくぞ毘沙門天殿」

「御意、英良様。死六将とは対峙せねばならぬ敵意……観音様の待機をどうかお願い致す！　生還か我等消滅か。際どいな英良様」

英良は黙っていた。

「敵意が引くのを待ちましょうぞ？　ならば英良様。我と天使……一度身を隠すか」

英良は頷く。

「英良様！　しかし、より長く隠れることできぬであろう……天使もこのままでは消える……人間の刻で明日……抜けようぞ」

「頼む……」

「では身を瓦礫に埋める。身を隠しておりますぞ」


「美姫さん。毘沙門天が犬の天使を救った。観音様の力を貸して頂けますか？」

「毘沙門天が……驚きました！　しかし救う機会に恵まれたと捉えましょう。英良さん！敵意の本拠地で全て救うのは無理と判断されたのでしょう？　……天使だけでも救いましょう。観音様にお願いして待機しています」

「お願いします」と英良が言った後、暫くして美姫は言う。

「観音様は仰いました。今こそ判断を誤ってはならぬ時……敵意を見分ける力が必要だと……どんな手段で闇は近づくか分かりません。見分けがつかない時は観音様にお伝えし確認してもらいます。身の回りで何か異変が起きた時は、いつでも言って下さい。私は経を高め限界まで続けています」


「英良様。餓鬼や死霊が我等を捜しておる。言葉下さらぬか？」

「どうした？」

「大量の餓鬼や死霊で溢れかえっておる。岩城の抜け道には死六将。戦える余力は御座いますか英良様。我のこの状況……英良様の御力添えなくしては脱出不可!!　死六将が相手ですぞ英良様。抜けられる地まで抜ける。羅生門に御力を下され。千陣の光力を我の羅生門へと。英良様の十の言霊を」毘沙門天の周りには不気味な闇の塊が蠢いていた。英良は目の前で千陣の言霊を切る。

「素晴らしき御力ぁ。餓鬼を切り崩し上層に抜けますぞぉ。うおおおお……力天、力天、力天……やはり敵意多き。英良様。これ以上上層は難しいぞ。しかし……天使が消滅しかけておる。どうするか!?」

「突破しよう毘沙門天殿」

「ならば上層に突き進むか。しかし御助力は必須。このままでは死六将に辿り着けずに我滅される」

「英良様？」暫く経っても英良からの言葉がない。

「餓鬼を切り崩し進んでおるが……死六将が現れれば力天の御助力では到底敵わぬ。観音様の待機をお願い致す。羅生門にも御力添え必須。このまま上層を目指しますぞ」毘沙門天は左腕で犬の天使を抱え右手に羅生門を握り上方の闇を睨む。

「毘沙門天殿一気に突破だ」

「地獄を……？　何を仰るか英良様！　今、我は岩城の地下層ですぞ」毘沙門天は英良の言う意図が分からない。

「違う毘沙門天殿。私が言った意味は全ての闇や悪意を排除し閻魔の支配する地獄界に鉄槌を下すと言うことだ」

「それならば英良様、観音様の待機……そして英良様の御助力をなんとしてもお願い致す。岩城を抜けるには死六将との対峙は必須で御座います」言い終わらないうちに、餓鬼や魑魅魍魎の群が毘沙門天を囲んできた。

「全ての敵意をここへ向けるかぁ！　ぬぅおりゃぁ……力天、力天、力天……」

羅生門の光陣が闇を切り裂く。餓鬼や魑魅魍魎は斬られ砂塵と化したが、闇の大群は止まらなかった。

「厳しい状況……英良様ぁ。特殊なる力現れおった。天使を抱えての対峙は厳しいぞ。しかしながら、もう少し英良様！　あと一層で岩城の出口……さらに敵意増したぞ……力天、力天、力天……上層に出る……英良様、死六将を感じますぞ……力天、力天、力天……」

「死六将は私に任せろ」

「御意、英良様。御力が肥大しましたな。ならば死六将へと共に対峙に出る。この岩城を抜ける唯一の法。英良様、羅生門に御力を。光力千陣羅生門……今のその御力ならば五度で構いませぬ。一気にやりましょうぞ。死六将は全て揃っておる。力足りなければ我は滅される……。しかしここまで来て退けぬぞ英良様ぁ。対峙じゃ死六将よぉ。うおお……力天、力天、力天……」光力千陣の力を纏った羅生門が押される。「ぬぅ……強い。さすがに四体は相手にすると厳しい……さらに天使を抱えての対峙……英良様。圧されておる。御力添え下さらぬかぁ」英良は光を放つが闇に吸い込まれていく。

「英良様。このままではまずい……」毘沙門天は闇に覆われてきた。「ぐぅおおぉおおお！　天使を庇い……貫かれた……英良様……滅されるぞ……御力を……英良様。一か八か逃げ道を切り開く……ぬぅううぇぇい。力天、力天、力天……」毘沙門天は羅生門が持っている光を一気に解き放った。一瞬、凄まじい煌めきで前方には抜け道が開ける。時間が止まったように、毘沙門天の行く手を方を阻む魑魅魍魎は姿を消した。

「英良様……なんとか……岩城を……抜けた……我には無数の槍と矢……斬撃を喰らい……今……天使を解放した……我の力……命……ここまでか……」

毘沙門天の両腕には多くの切り傷を受け無数の矢が刺さっていた。天使は闇の力を抜け、遙か遠くへ逃避していった。

「無念……」毘沙門天は振り絞るように言う。


「美姫さん。毘沙門天が危機に陥った……どうすれば良いのか分からなくなった」英良は途方にくれていた。

「岩城の突破に無理されたんですか？　毘沙門天は大丈夫ならいいですけど……。心配です。この後の判断は、毘沙門天の主である英良さんがされて下さい」

「それは分かっていますが、私の力で救えるかどうか……」

「どういうことですか。毘沙門天が危険ということですか！　観音様の御力はいつでも授かれるようにしてありますよ」

「分かっていますが、毘沙門天が無念と言っていたのが……それが気になっているのです」

「毘沙門天も無念……どういうことですか……危険な状態なんですか。状況が把握できません。私はどうすればいいのでしょうか？　何が起きているのか……事態が把握できませんが……危険なのですね。経をできる限り続けていますので……毘沙門天に何かあったのなら早めに対応しましょう。手遅れとなっては大変です」

「毘沙門天からは暫く言葉が途絶えています……」

「そんな状況だったんですか。観音様に法をお伺いしますので毘沙門天は今どのような状況か確認をお願いします」

「毘沙門天は闇からの無数の槍と矢……斬撃を喰らって、天使を解き放ったところまでは私も掴んでいますが、その後の毘沙門天がどうなったのか……身体が貫かれていますので、なんとか持ちこたえてくれれば良いのですが」

「槍と矢で貫かれて、斬りきざまれていた……毘沙門天は無謀なる戦いをする判断をとらない……一体何が起きたんですか。消滅してはいないはず……滅せられれば仏界に動きあるはずです。毘沙門天が窮地なのに光が放てないなんていう最悪な状態は避けて下さい。今観音様にお願いしていますから」美姫は気丈に言うが焦燥感は拭えなかった。

「英良さん。毘沙門天の力一時的に高める法を観音様から授かります。光を羅生門へ、そして毘沙門天をこちらへ導きましょう。光命転戎《こうみょうてんじゅう》牟《む》徳如導《とくじょどう》。この言霊を光の力で五度切って、ここへ下さい」英良は言霊を放った。

「授かりました。これを毘沙門天に放って下さい。〝光命転戎紡身徳導《こうみょうてんじゅうぼうしんとくどう》〟これで言葉が交わせなければ消滅に向かっている証拠です」

「はい。ありがとう美姫さん。ありがとう御座います観音様」感謝の気持ちを念じつつ、英良は光を放つ。

「ぬぅ……ここは……今の光は……」

毘沙門天は英良からの光陣に反応した。

「毘沙門天殿」

「英良様……すまぬ……我は……消滅に向かっているようで御座います……」

「しっかりしてくれ毘沙門天殿」英良からの問い掛けに毘沙門天からの言葉は返ってこなかった。

「どのような状況か分かりましたか？」ほどなく美姫から問い掛けがあり、「はかばかしくありません」英良は詳しい状況を伝えず、言葉を濁す。

「観音様は仰いました。地獄の底で消滅したら希望は皆無だと……。消滅すれば二度と毘沙門天は戻りません。なんとしても救わないといけない時です。観音様に力取り戻す術を聞きます。光放てるようなりませんか？　今判断を見誤ると危険です」

「はい」英良はため息に近い返事をした。

「毘沙門天からこれ以上力を要求されたら、私も対処できませんが……なんとか、持ちこたえます」

「英良さん宿命を捉えて下さい！　その先に何が待っているか……私は同年代の子達を羨ましく思う時もありました。でも……自身の宿命に従い日々尽力しています。……毘沙門天は英良さんのために頑張ってくれていたのではないですか!?　それを要求だなんて……観音様にお伝えします。毘沙門天を救うのか……どうするんですか？」美姫は怒り、言葉を掛けてくる。

「救います。当然」英良は答えさせられた。

「私は観音様に力取り戻す法を得ます。英良さん……猶予はあるのでしょうか。毘沙門天の消滅まであとどれくらいか分かりますか？」

「分からないのですが、あまり時間はないでしょう」

「英良さん猶予はない……分かりました。英良さんの状況も察し私は自身の寿命の光を毘沙門天に注ぐ法を観音様にお願いしました。観音様には拒否されましたが……これも未来のためにです。さっそくやります。毘沙門天の命の光を繋ぎましょう。幾重にもなる闇の底から……示《じ》徳《とく》解《かい》命《みょう》千《せん》獄《ごく》世《せ》界《かい》……十の言霊を集めて下さい」英良は言霊を切ると金と銀の色が対称的に煌めいた。

「さすがに強い負荷……、苦しいけど…なんとか力作り上げます……もう少し……示徳解命千獄世界あと五度の言霊を注いで下さい……失敗は許されない……集中します……」英良はゆっくり息を吸い込み、時間をかけて吐き出した。

「授かりました……これを……私の命も注いだ力です……毘沙門天に……光《こう》転《てん》凰《ほう》珠《じゅ》これで力戻らなければ……毘沙門天の復活は成し遂げられません……」と美姫は言い、疲労が極限に達したのかその場に伏した。英良は焦った。焦れば焦るほど何をやって良いのか分からなくなる。「くそっ！」英良はとにかく今の閉塞感から脱しようと、精神を集中させ唱えた。「届いてくれ……」

「ぬぅぉおおお……この光は……我の力が……」毘沙門天は驚いた。「英良様……消滅は免れた……この御力は……」途切れ途切れに英良の脳裏に毘沙門天が蘇ってくる。

「美姫さん。毘沙門天からだ……助かった。ありがとう」

「共に戦う……未来へ進むと決めたのですから……今日は……このまま休ませて下さい」

美姫はそれしか言えない。

「英良様……力が漲る……我は……助かったのですな……」

「毘沙門天殿戻ってきたか。良かった。しかし、まだ力は万全ではないな？」

「そう時間かからず完全に力取り戻しますぞ……この生命なる力……やはり美姫様……英良様！　有難き御力……弁財天を救いますぞ。力完全に戻ったらすぐに発ちましょう」

「うん。弁財天はともかく、犬の天使はその後どうなった毘沙門天殿？」

「申し訳ありませぬ英良様……犬なる天使は……我の意識落ちる前に解放したきりで御座います……力取り戻したら探しましょうか？」

「そうしてくれ。犬の天使はなんとしても救いたい。毘沙門天殿」

「御意、英良様。御指示の通りに……」

決別

瓦礫の塊の中に身を隠し悪意に捕らわれないように身を潜めていた毘沙門天は力を取り戻し全身の傷が治癒していくことを感じた。犬の天使を救わねばならない。刻の猶予は残されていない。毘沙門天は主の英良に言う。

「英良様。完全に力取り戻しました。御言葉を下され」

「行けるか？」

「御意。しかし、これから先はもう刻はかけられませぬぞ英良様」

「分かった。どのくらい待ってもらえる毘沙門天殿？」

「どれくらいの刻で御座いますか英良様？　それにもよりますが」

「だいたい三日くらい待って欲しい」

「三日の刻とは長い……我の予測……犬の天使が逃げ込んだのは北方の洞穴かと……しか

し先ほどそこへ向けて餓鬼の群れが向かった……我は待機か英良様」と毘沙門天は言いさらに「我が餓鬼に近づけば当然対峙となる……犬の天使を巻き込まぬよう御力添えをお願いしたのだが……動けば天使が危険となる恐れすらありますぞ。その御判断を英良様に託したいので御座います。ここまで来て天使を滅させるわけにはいかぬ！　どうか御判断を」と言う。

「少し考えさせてくれ」と英良は返事に苦慮した。他に美姫の具合も気にかかっていた。

「少し発熱したようですが……気を抜かず今日も読経に励みます。観音様が捉えた闇の痕跡がある以上……油断できません。小仏様が集まるそうなので何かあれば言葉届けます。英良さんの方でも何かあればいつでも言って下さいね」美姫は気丈に言い「すいません」とだけ英良は言う。

「小仏様の情報の多くは仏界のものでした……良くない出来事が続くと……人の幸福を司る仏様が消え去る事象もあるようです。仏界の問題は人間界にいずれ影響するもの……引き続き情報を得ます。何かあればまた言葉届けます」

「すいません美姫さん」

「仏界で光足りないと観音様から御言葉を授かりました。英良さん！　私今日は仏界に向けて経を読み上げます。こちらも変わらず闇が増していますが……十分に警戒して下さい。仏界に経を終えたらすぐにこちらに集中します」美姫の言葉には力がない。「観音様は仰いました。大地から何かが這い出た……闇なる者の力を近き地で感じたと……闇が忍び寄る可能性は十分に考えられます。これから経を読み上げますので何かあればいつでも言って下さい」美姫は続ける。「英良さん！　私は全ての力を放ちます。観音様が仰いました！　最大の力をもって経を読み上げる時だと……。明日のことを考えている余裕はありません。全ては今日を乗り越えるために力を経に注ぎます」

「私も天使を救うため力を尽くします」英良は言葉を返す。

「ところで今の状況が掴めませんが、どんな力を毘沙門天は必要としているのですか？」と弱々しい声が響く。「昨日限界を超え経を続けたせいだと思いますが……さすがに熱が出てしまいました。経の準備をしたものの観音様の御声を捉えられません。……少し横になっています……回復次第すぐに経を読み始めるつもりです」再び美姫は床に付いた。英良は罪責感を持ちながら悶々としている。いつもそうだった、英良は悩みや苦しみを自分で作り出す。気になることをいつも抱え、新しい悩みや苦しみを日常生活の中で常に持っている。悪しき癖。そんな性格がいたるところに表れた。もっと建設的な気持ちになろうと心がけているが、それらは深層心理の奥にあり払拭できずにいる。

「英良様……我に御指示なきままの状況が続きますが……どうなっておりますか………天使はこのまま見過ごせと？」毘沙門天は言う。

「毘沙門天殿。明日の夕刻に決行しよう」

「明日の夕刻……御意。天使が心配で御座いますが……しかし待ちましょうぞ」

「幾重にも闇が連なっている。一気に突き抜けよう」

「英良様。まだ天使を捉えてもいない状況。まずは天使捉えるまで状況は掴めぬぞ？　何を言うておる？　我は待機したままなのですぞ？」

「毘沙門天殿。好機は逃したくない。この状態で天使を救出し、一気に上に抜け出したい。私はそう言いたかった」

「ならば餓鬼の群れがおる祠へと向う。羅生門に御力添えを。〝光力千陣羅生門〟十で構わぬ。助力下され」英良は言霊を詠唱し続ける。

「素晴らしき御力。祠に向かいますぞ。天使発見次第御声をかけますぞ」力を受けた毘沙門天は犬の天使の跡を追った。
　小さな光の点は、後ろから迫って来る大きな闇から逃れようとして、懸命に奔ってい
る。闇の大群は黒く大きく見えた。巨大な積乱雲が大雨を降らして襲いかかってくるよう
に。毘沙門天には闇がほどなく光を捕らえるように感じる。いかん、このままでは、犬の
天使が危うい……。
　マカロニは必死に走っていた。その時遠くに小さな祠が見えてきた。あと少しでそこへ
辿り着く。闇の大群はマカロニのすぐ後ろまで迫っている。殺気を感じた。マカロニは闇
に捕まる寸前に祠へと滑り込み毘沙門天も闇を追い祠を捉える場所まで辿り着いた。
「英良様、見つけましたぞ天使の光を……」毘沙門天は言う。
「見つけたか？　それで天使はどこにいる？」英良は気がはやる。
「御意。天使は祠の奥底にて隠れておる……祠を抜けるには大量の餓鬼の群れがおるから
だ！　一気にやりましょうぞ。羅生門に御力添えを。光力千陣の力を羅生門にぃ。英良
様」マカロニは祠の左隅に身体を丸く縮めて小刻みに震えていた。祠の周りには餓鬼、悪
鬼、邪鬼それに魑魅魍魎の群が取り巻いていた。その大群に毘沙門天は光陣を帯びた羅生

門を叩き込み闇を一掃した。

「祠にて餓鬼を殲滅しきったぞ。天使を捕まえた。この天使……人間界に戻す法を観音様に聞いて下され！」それは今にも消えそうな光だった。

……ありがとう毘沙門天殿……英良は呟いた。

「美姫さん、犬の天使をここへ戻したいのですが、何か方法がないですか？　必要なことがあれば教えて下さい？」英良は美姫に聞いてみた。犬の天使を自分の傍に戻したいことを、しかし美姫からの返事は意外だった。

「観音様は仰いました。闇が英良さんに近づく今……弱き力を人間界に戻すのは危険だと……天界に送りこみ平穏を天使に与えてあげた方が良いと……英良さんの近くに戻せばまた危険となる可能性もあります。言葉交わせなくなりますが……判断を」

「そうなんですか？　だったら、最善の方法を採りましょう」

「どうしますか？」

「天界へ戻しましょう」

美姫は驚いた。英良は傍に置くと思ったから……。「はい。英良さんがそれでいいと言うのなら。強き言霊を用います。私は経の限界突破に入ります。観音様に御力を授かりそこ地獄より天へと一筋の道を作り上げます」美姫も決めたようだ。

「地獄の底から昇り、鳳凰の化身の如くこの戎《えびす》は臣と成るでしょう。英良さんの力を、十の言霊をここへ。再度敵意が近づかぬ内急ぎましょう」と美姫が言うと「お願いします美姫さん」と英良は答えた。


「英良さん。やっと授かれました。これです！　毘沙門天に放って下さい。〝光命転戎紡《こうみょうてんじゅうぼう》身徳導《しんとくどう》〟そして天使に最後の一言を送ってあげて下さい。二度と言葉を交わせなくなると思われます」美姫は英良を催促し、「マカロニ。苦しい思いをさせてしまったけどやっと気持ちが安らぐね？」英良は美姫から受け取った言霊を毘沙門天へと放った。英良から放たれた光は地獄の上空に大きな穴を穿ち、傾斜のある光の階段を造った。その光の坂を一つの光の点が駆け上がっていくのを毘沙門天は感じ取った。

「おぉ……これですな。天使が天に向け作り上げられる光の道を進む……英良様。天使に向けた言葉……我にではなく直接天使に向けて下され。天界に入れば言葉届かなくなる……急がれて下され。直接天使に言葉を」毘沙門天が天使へ言葉を掛けるよう促した。

「マカロニ聞こえるかい？」英良は急いで言葉を放つ。「うん。聞こえるよ」とマカロニは言う。

「闇の世界へ連れて行かれてごめんマカロニ。全てはぼくがマカロニに声を掛けたから闇の歪に飲み込まれていった。もしぼくが自分本位にマカロニに声を掛けなければ、こんなことにはならなかった……本当にごめんマカロニ。救われたのは偶然、毘沙門天が地獄にいたから、助けてもらえたんだね。毘沙門天が地獄にいるのもぼくが余計な過ちを繰り返した結果なんだよ。全て悪い方向に向かって行っちゃった。でもね、これからはマカロニを本来在るべき場所に連れて行ってあげる。それが、今ぼくがマカロニにしてあげられる唯一の恩返しだよ。天界へ戻って安心して暮らして下さいマカロニ」と英良は言う。

「もういいよ。済んだことだからね」マカロニは返す。

「マカロニがいないと寂しくなるね？」

「そんなことないよ……ぼくは英良さんの心の中にいつでもいるよ。それとね英良さん。このことは言わずにおこうと思っていたけど話すね。ぼくはねいつか土砂降りの雨の日に英良さんについて行った子猫でもあるんだ。覚えているかい？　あの時は英良さんにお世話になったね。あったかい座布団に寝かされて柔らかいタオルでぼくを拭いてくれたよね。でもぼくの命はあの時で終わることになっていたんだ。仕方ないよ。英良さんの優しさは大きかった。それは今でも覚えているよ。ぼくは天界へ行き、また生まれ変わりさつきちゃんの元へ辿り着き、そして英良さんの光をやっと捉え恩返しに来たんだ。さつきちゃんはぼくの魂と対をなしているから一緒だよ英良さん。心配しなくていいよ。英良さん、そういうことだったんだ」マカロニは今までのことを英良に伝えた。「英良さん……ありがとう……いつも空から見守っているよ……さようなら……」と最後に言葉が返ってきた。

「そうだったんだねマカロニ……あの時の雨に濡れてついてきた子猫だったんだね？ちゃんと覚えているよマカロニ。子猫はずっと横になっていた。細い声で鳴いていたけど、一週間も持たずに死んでしまったね。だけど母とぼくも暖かい場所で最期を迎えて良かったと感じたよマカロニ。苦しい思いをさせてしまったね。もっと早く見つけてあげられたら良かったと後悔したけどね。ぼくも可愛い子猫と短い間だけど一緒にいられて心が温まった気がしたよマカロニ。これからは言葉が届かなくなるけど、ずっと光に包まれて安心と安らぎの中でぼく等を遠くから見守ってくれマカロニ。またいつか必ず言葉を交わす日が来るよ。きっと……」

「うん。そうだね英良さん……ありがとう……またね……」と言い、光の階段を上っていく。マカロニは走って行く。最初は小型の犬が階段を駆け上がっていく様子が見て取れたが、やがてそれは遠くに離れて行くと光の珠のように見えてきた。マカロニは段々遠くへ離れ小さな光の点となり毘沙門天の視界から薄れていった。

英良の脳裏には土砂降りの中の子猫のことやマカロニとの思い出が蘇ってきた。かつて関わったことが幾重にも重なり連鎖して繰り返してくる。英良は些細なこと……むしろ小さな出来事の方を好み関わってきた。大きな幸福よりも日常の中にある誰も見向きもしないどうでも良いことを行った。その積み重ねが英良の生活の殆どだった。

「無事言葉届いたようですな……天使は天に昇り英良様を見守るでしょうぞ。ここ地獄から生還した奇跡の天使と英良様……」

英良は軽く頷き「毘沙門天殿、一つ問題が解決した。ここは一旦、弁財天の問題を封印し毘沙門天殿を私の元へ戻したい」

「英良様、弁財天を見捨てることがないようであれば我は主の言葉に従いますぞ」

英良は毘沙門天からの同意の返事に安心した。

「英良様。一言よろしいか？」

「何かな毘沙門天殿？」

「どうしても解せないことが御座います」と毘沙門天は言う。

「何が解せないと？」

「それは今までの一連の出来事に御座います英良様。思い出してみると突然、弁財天が闇の手に拉致され地獄界へ連れ去られた。ここは本来、人界で大罪を犯した流人が来る界に御座います英良様。何故そのようなことが起きたのか。地獄の壷に英良様の名が書かれていることも解せませぬ。何か大きな悪意が英良様に降りかかるのではないかと危惧するので御座います。それらの問題を全て払拭し人界へと戻るべきなのですが、我は英良様の守り仏……我主の指示であれば直ちに人界へ帰還し英良様を警護致す」

英良は確かにその通りだと思った。腑に落ちないことが続くがあまり深く悩まないことにしていた。それが今回の決断に繋がったことを暗に毘沙門天に伝えた。

「それでは英良様、我も天使の後に続き人界への道を上って参りますぞ……」毘沙門天はそう言うと光の階段を上り小金の珠玉となり地獄の空の遥か上方へと姿を消した。

閑話休題

今日は非番だったので、英良は病院へかけるに会いに行くことにした。英良は自転車で病院まで行き正面のエントランスから入り広い待合所を通り抜け売店の近くまで来ると偶然かけるを見かけた。

「お兄ちゃん」とかけるは英良に呼び掛けた。

「こんにちは、かける君」

「おはよう御座います、いつもお世話になっています」とかけると一緒にいた若い女性が声を掛けてきた。

英良は目礼し「峠原英良です」と自己紹介した。

「楠《くすのき》直美と申します」とその若い女性も返す。

二人はとりとめのない話を続け、「あのう、携帯の番号かラインを交換できませんか？」と直美は言ってきた。

「構いませんよ。どうぞ」と英良は言うと、ポケットからスマホを取り出し自分の電話番号を直美に教えた。

「ありがとう御座います。……この番号ですが、かける君にも教えてあげていいですか？」

「いいですよ、どうぞ」英良は答えた。

「お兄ちゃん、お姉ちゃん。ぼくお部屋へ戻るね」かけるは言うと走り通路の突き当りを右へ曲がると見えなくなった……小さな姿は英良の視界からは見えなくなった。

「ところで、かける君の病状ですけど元気そうですよね？」英良は直美に聞いた。

「実はそうでもないんです。最近かけるくんは元気がないんです。毎日、吐血して……かける君のお母さんが言うにはもう長くないと……。あとどのぐらいか聞こうとしたけど何も聞けなくて……」直美は英良に話した。

「かける君と知り合った時はあんなに元気だったのに今はもう……やはりかける君は死への恐怖を感じているのかもしれません。英良さん、かける君はまだ若いんです。最後までずっと元気なままでいてほしいのです。かける君を励ましてあげてもらえませんか？　お願いします……」直美が言ったことに英良は驚いた。

「病名は何ですか？」英良は思い切って聞いた。

「それが分からないんです。先生は原因不明の重たい病気だとしか教えてくれないんです」直美は歯切れが悪く説明した。「英良さんの電話番号をかける君に教えたらすぐ電話がかかってくると思いますよ。さっきお母さんが携帯を渡していましたから」直美は話題を変えて英良に言った。「分かりました」英良は一言答えて直美と別れた。

英良は帰宅しテレビをつけ遅い夕食の準備にかかろうとした時、携帯に電話がかかってきた。英良はすぐにかけるだと分かった。

「もしもしお兄ちゃん。くるしいの、たすけて。お兄ちゃん。最近、毎日血が出るの。すごく頭も痛いよ。お兄ちゃん、ぼくおかしいのかな？　いなくなっちゃうのかな？」かけるは言う。

「かける君はいなくならないです。一生懸命頑張っている人を神様は見捨てません。だめだと考えないことですよかける君。みんながついていることを忘れないで下さいかける君」

「お兄ちゃん。ぼくもう検査いやだよ。もう終わりにしたい。だけどそれは怒られるんだ。ぼくは我が儘なのかな？　お兄ちゃん」とかけるは言う。

「かける君。我が儘ではないよ。嫌なものは嫌だからね。かける君の気持ちはよく分かります。でもね、検査は大事だよ。検査をしないと今のかける君の身体が分からないから。病院にいる間には検査くらいは我慢しよう。検査なんかすぐ終わると、そう思えばいいよ、かける君」

「お兄ちゃん、分かった。がまんするね、お兄ちゃん。ぼくは大丈夫だよね？」

「大丈夫ですよ。シャロームかける君」

「水族館でくさふぐ見たいな。くさふぐのお目々可愛いんだよ。お兄ちゃんくさふぐ好きかな？」

「くさふぐ？　知らないな……。普通のふぐは知っているよかける君。これからも水族館に行くということ、お医者さんになるということ、その目標を持って過ごしましょう。簡単にもうだめだなんて考えないこと。良いですねかける君。約束しましょう。シャローム」

「うん。お兄ちゃんありがとう。くさふぐはね可愛いんだよお兄ちゃん。一緒に見に行きたいな。ずっと入院しているから、お魚さん図鑑でしか見たことがないの」

「本物のお魚を近くで見たらすごいよかける君。図鑑で見るのとは全然違いますよ。お兄ちゃんもずいぶん水族館に行っていません。かける君が病気を治してお兄ちゃんを水族館へ連れて行って下さい？　約束して下さいかける君」

「うんお兄ちゃんぼくね、水族館ちゃんと連れて行くよ。お兄ちゃん水族館でぼくお魚一杯教えるしたら、良いかな？」

「かける君はお魚のこと詳しそうですね？　かける君が知っていることをお兄ちゃんにいろいろ教えて下さいね。水族館にお兄ちゃんを連れて行くことが目標ですよかける君。目標を達成するように一生懸命頑張って病気を早く治しましょう。分かりますねかける君？」

「お兄ちゃん。ぼくねお魚一杯分かるするよ。お兄ちゃん一杯教えてあげるするね。お兄ちゃんぼくいつ元気なるかな？」

「かける君がお魚のことをお兄ちゃんにちゃんと教えることができるようになったらその時が元気になった証拠ですよ。いつ元気になるかは今は分かりません。いつ治るとも約束はできないのです。治るように頑張りましょう。お兄ちゃんと一緒に諦めないで毎日頑張り続けることです。毎日の積み重ねですよ。かける君」

「お兄ちゃんぼくもっともっと我慢頑張るしたら元気になるかな？　お兄ちゃん。我慢ってたくさんね、するのが良いのかな？　シャローム」

「我慢の意味は気持ちが折れないようにすることですよ。くじけないこと。それが我慢するということです。分かりますかかける君？」

「お兄ちゃん。我慢だめなの？　シャローム」

「我慢はそんなにはいりませんよかける君。我慢して頑張る。これが一番大事なことですかける君。その結果良いことに繋がります。我慢して頑張りましょうかける君」

「うん。頑張るよ。シャローム。お友達みんなにもシャローム教えていいかな？」

「教えていいですよ。シャロームは貴方に平和がありますようにです」

「うんお兄ちゃんにも平和がありますようにシャローム。そろそろ消灯だからおねんねするねお休みお兄ちゃん。シャローム」

「お休み。かける君」


英良はぼんやり何もせずソファーに腰かけていた。のんびり何もしないことが至福の時だと改めて思う。目を閉じうたた寝をした時だった。毘沙門天が英良の目の前に現れた。

「英良様！」毘沙門天は言う。英良は毘沙門天を見つめた。毘沙門天と現世の空間に一緒にいるということが全てかけ離れた光景であり違和感がある。

「英良様、ご心配なさるな。我の姿は我主《わがあるじ》の英良様以外には見えませぬ」毘沙門天は英良の心中を見通したかのようだ。

「びっくりした」英良は一言言う。「どうした毘沙門天殿？」英良は問いかけた。

「何故、我がここへ来たのか分かりませぬか？」

分からない、と英良は答える。

「幼子で御座います英良様」

「幼子？　かける君のことか？」

「御意に御座います」

「それが……？」

「この幼子の周りには不穏な気配を感じます英良様」

「不穏？　悪意ということか毘沙門天殿」

「御意、それも西洋の悪意や巨大な悪魔の影がちらついております英良様。もう猶予がありませぬな……」

「魔の手がかける君に迫っているのか……」英良は言葉を選び「かける君はもう亡くなるということか？」

「否、それは英良様の意志次第に御座います」

「意志次第とは？」英良は詳しく求める。

「英良様は刻をかけ過ぎに御座います。人界でいう時間を多く過ごしているので御座います。英良様は事態を先送りした結果、事を悪くしているので御座いませぬか？」

英良は毘沙門天に性格の弱点を指摘されものが言えなくなった。

「幼子を救うのも魔の手に落とすことも、英良様の今の意志次第で御座いますぞ」

分かる、と英良は答える。

「手遅れにならないうちに幼子をお救い下され英良様。我も英良様に力を尽くす所存に御座います。何なりと言って下さらぬか？」

「分かった毘沙門天殿、そういうことだったのか……」

「分かって下されば幸いに存じます。では我はこれで」毘沙門天はそう言い残すと身体が透けていき英良の視界から消えていった。

星の記憶と呼ばれる老人

星の記憶と呼ばれる老人は言う。

「私より言葉としよう。
私との対話に応じよ。
新たな道あることを知り、
己は全てを知る権利義務がある。
私の言葉に応じ言葉を交わせ」老人は言う。
「既に用意はできています」英良は返事をする。
「良いか話を進める。
以前より私の話す言葉全て理解はしているな?」
「光と闇の対峙……その結末ということでよろしいでしょうか?」
「違うな。己の力の根源、光でもなく、闇でもなく、
人間の可能性、
人間の力のことを言っている。
光と闇同様に人間も進化する。
そのことは容易に理解できるな?」
理解できる、と英良は答える。

「もとより生物に『命』という期限を与え、
その代わりに『生きる』という力を与えた。
光と闇が氾濫する中、人間も感化され力進化させる。
ここまでは理解できるな？」老人は続ける。
「人間の進化、
人という者の持ち得る可能性、
人間は確かに愚かな生き物。
しかし時に信じ難いほど強くなる。
それは繋がり絆となる力。
人間は弱い。
光と闇に比べ力はなきに等しい。
存在を感じられなくとも、
その存在……
気配は察していたのだろう。危険、危機、窮地、
生きるという本能により察知する。

それにより人間は新たな道を進み出す。
それが新たな人間の力と成すもの。
この意味分かるな?」老人は英良に問う。

「喜怒哀楽、善と悪、特に人や生きるもの、
全てに慈しみの感情を持ち接するということ。
だと理解しています。またそれを実践しなければ無意味なもの。
感情……時に良い感情を表に出すことだということです」英良は答える。

「確かにそれもある。
しかしそれとはまた別の力進化。
人間の持ちたる力。
己等の頭蓋奥に存在する。
己等は太古私の与えた『生きる』ことについて、
力の多くをその部分に封印した。

生きて行くために強すぎる生への力は自滅へと導く。
それも進化だった。
しかし光そして闇の存在、
それを察知し眠れる力が再び表に現れ始めた。
ある者は強き力を発揮し、
ある者は念じることで奇跡を起した。
それは光や闇とは異なる力。
己等人間が元より持ち得る力。
分かるか？」老人は問う。

「意志のみの形……意識体だけでは成し得ないことが多々あるでしょう。
そのために人間は意識体が宿る入れ物の肉体を持ったのです。
それにより物事を叶えるようになったのです」英良は論じる。

「行い次第では可となろう。

己等人間は進化の過程で己等の力を封じた。
それは私が叶える力。
後の光と闇たる力を与えたからであろう。
必要なき力は奥へ奥へと封された。
しかし光闇の力を感じ再び目覚める。
人間は皆持てる力の半分も使ってはいない。
本来はさらに賢く、
さらに力強く、
そして能力に長ける者……。
光と闇が邪魔をしている現状もあるがな。
しかしそのような中でも力を発揮する者が現れる。
そこで光と闇は使者として迎え入れる。
必ずどちらかに……」老人は一度言葉を切った。
「神や悪魔と意志を交わし、それを言葉として人間に伝え各々の中へ取り込んでいったと」英良は老人の言葉を補足するように答えた。

「そうなる。
言ってみれば人間は光にも闇にも必要な存在。
人間が存在しなければ両端共に存在できぬ。
それは先の語りで知ったはず。
本質としては光闇共に使者とするが、
もっとも光の使者は神に使える者として、
闇の使者は悪魔に使える者として格として伝える。
神そして悪魔共に両端が作り出した虚像。
共に光闇に変わりはないがな。
言ってみれば力持つ人間が団結すれば三つ巴と成り兼ねない。
それを阻止するため、
そして自らを信仰させることで自らの力とする。
分かったか？

願う力は光も闇も力とすると、
直接的に放った力は感情の空間へ取り込まれることはない。
己等力持つ者を欲しがる理由は理解したな？」老人は聞く。

英良は頷いた。

「そして己の持ち得る力。
恐らく何度も耳にしているはず。
言霊と呼ばれるもの言霊にも幾つか種類があるが、
己の場合正式なる名は
『遠くより言霊を掛け施行する霊力』と呼ばれる。
まあ己等に神と呼ばれる者が付けたのだがな。
ある条件下により力を発すること可能とする力。
勿論自らに発することは不可。
ここまでは理解できるな？

話は再び遡る。
ある人間が自らの力。
そして光と闇の存在に気付く者がいた。
最も先にその存在に気付き者、
その名をマークランドウェルと言った。
その者は力気付く人間を集めた。
そして光と闇と三つ巴の状態を作り出す。
その時最初で最後となる光と闇が手を組む。
この意味は分かるな？　人間の力を畏れた」老人は英良を見て尋ねた。

「その人間は光にも闇にも与《くみ》しなかったことは分かります。ただ、結果的に光と闇に対峙したということだと思います」英良は答える。

「考えの通り、話を続ける。
辛うじて氾濫を抑え込むことができた光と闇。

これを機に両端は徹底して人を管理する。

生を受けし赤子全てを管理する。

その時より力持つ者は全て自らの戦力として数えるようになる。

光と闇取り憑くだけでは得ることできぬ力。

己の力などまさにその一角。

言葉を力とする力。

一定以上の条件は必要となるが、
それは光にも闇にもなり得る。

条件さえ満たせばどのような力も発動を可能とする。

救う力であろうが、
滅ぼす力であろうが、
分かるな？」老人は英良の心中を探る。

英良は頷く「先ほどの通り、意識体が肉体としての入れ物に入り、実体のあるもの全てを制御する力を人間が所有したからだと思います」と答える。

「その通り……

粗方《あらかた》理解したな。

既に察するところもあるかも知れぬ。

光闇に反旗を翻《ひるがえ》し対峙した者。

己はその者の力を色濃く受けている。

それが何を意味するか。

そして何故今まで光と闇が己に必要以上に付いて回ったか？

光と闇は元より気付いていたそして私も……先にも言ったな？」老人は頷き言う。

「意志の結びつき、自分を犠牲にしても何かを守ろうとする感情の強さだと」英良は補って論じる。

「そうなる。

光と闇の力には限界がある。

しかし人間とは無限の可能性を秘めている。
未だ発展途上。
そのことは容易に理解できるな？
見込めるな？
己の可能性、
人間は何かを守らんとする時最も力強くなる。
それは光にも闇にもなき力。
分かるか？
ならば己等の力の根源は分ったはず。
命に限りあるからこそ持ち得る力。
それこそが可能性となる。
分かるな？
それこそが人間の持ち得る可能性。
このまま話し進める。
己は今のままでも問題はない。

己は言葉の選択のみで全てに対応できる力を持っているからな。
しかし己に確認しておく。
元は光も闇も叶える力だったと伝えた。
叶える力がこの世より消える。
しかし己等人間ならばそれすらも乗り越えると私は信じる。
良いな?
反論はあるか?
先にも言ったはず。
光と闇とは私が人間に与えた叶える力だったと……。
それが自我を持ち光と闇になったと……前に進む。
光と闇のなき世界。
自らの手のみで歩む世界となる。
良いな?
他の者が不可となっても己は可としよう。
それほどの試練となる。

良いな？
話し続ける。
光の十なる存在と闇の十なる存在。
そしてそれらを束ねし頂点たる力。
これらは最も古き力そして最も強き力持ちつつ
既に己等が遭遇した者。
対峙した者もいるだろう。
光と闇が終束した後その者との対話となるだろう。
実力行使が全てではないことを知っているな？
知っているならば問題はない。
光と闇の十なる力、
その全てが神と呼ばれる存在。
その中には己等の力となる者もいるだろう。
力の派生上光または闇に属しているものの、
現状に疑問を抱き、絶対中立としている存在もある。

そもそも神とは人間が名を付けて呼び始めた力。
光と闇、対なる力が人間を統治しようと世界に散った為所《しどころ》で
神が生まれた。
十なる存在とはその中でも最も力持つもの。
気付いているとは思うが彼等は私のことなど知らない。
その理由は分かるな？
初めにも伝えた。
彼等は元々は自我持たぬただの力。
それが人の感情に触れたためと。
力として生まれた記憶などない。
己等人間の神という考え思想に触れ。
自らが神としての思想しか持ち得ない。
光または闇に問いてみると良い。
何処から来たのかと、
何処で生まれたかと、

恐らくは相手にされない。

もしくは気付いた頃よりこの場にいると。

己の将来において彼等は、
己との話次第で己等の力となろう」老人は柔和な顔で英良を見つめた。今までに見せなかった顔だった。

静寂な時間と空間が英良を包み込む。英良は静寂や孤独が嫌いではなく、むしろ孤独を好み、人との交わりを避け小鳥のさえずりや川のせせらぎ、小動物を愛した。静寂や孤独の中に英良は自分がこの地球の一部であることを認識し、沈黙の中に身を委ね何もせず何日も過ごしても苦痛を感じなかった。特に親しい友人を作ることもせず、結婚したいとも思わなかった。

幸せにもいろいろある。英良は独身の自分を不幸だとは思わなかった。人生の最大の幸せを結婚だとは毛頭思わなかった。家庭を持っている知人を羨ましいとは感じず、必要性も感じなかった。英良は幸せという言葉が嫌いだった。絶対的な幸福なんてありはしない。何かと比較して現状をはじき出す。今の自分のライフスタイルは他者と比較して十分にハッピーだと思っている。英良は自分の弱さを埋めてもらうために人の気持ちにアクセスするのが嫌いだった。煩わしいとか面倒くさいとかいうものとは違った人間的な本質みたいなものだ。

草木に癒しを感じ小動物を愛し風の音を聞く。英良は感じる。自分は永遠に広い宇宙の中の一部ではないということを。今の英良は慈愛、憐憫《れんびん》、仁恕《じんじょ》の中へと辿り着いた。

髙嶋 郷二（たかしま ごうじ）

北海道生まれ。大学卒業後、公務員勤務を経て、本書がデビュー作となる。

光《ひかり》と闇《やみ》の相剋《そうこく》

2023年2月22日　第1刷発行

著　者　　髙嶋郷二
発行人　　久保田貴幸

発行元　　株式会社 幻冬舎メディアコンサルティング
〒151-0051　東京都渋谷区千駄ヶ谷4-9-7
電話　03-5411-6440（編集）

発売元　　株式会社 幻冬舎
〒151-0051　東京都渋谷区千駄ヶ谷4-9-7
電話　03-5411-6222（営業）

印刷・製本　中央精版印刷株式会社
装　丁　　株式会社 幻冬舎メディアコンサルティング デザイン局

検印廃止

Printed in Japan
ISBN 978-4-344-94400-8 C0093
幻冬舎メディアコンサルティングＨＰ
https://www.gentosha-mc.com/